AUX
ANTIPODES

Loi n°49-956 du 16 juillet 1949 sur les
publications destinées à la jeunesse,
modifiée par la loi n°2011-525 du 17 mai
2011.

© 2023, Justine Sarrau
Édition : BoD – Books on Demand,
info@bod.fr

Impression : BoD – Books on Demand, In de
Tarpen 42, Norderstedt, Allemagne

Impression à la demande
ISBN : 978-2-3221-0924-1
Dépot légal : Septembre 2023

Chapitre 1

- Et c'est pour cela que Dickens est considéré comme l'un des plus grands auteurs anglais du 19e siècle !

C'était avec cette volonté que se terminait chacun de mes discours depuis que j'avais découvert un certain plaisir d'être écoutée, parfois même comprise. Mes auditeurs qui n'étaient rien d'autre que mes camarades et mon professeur, Monsieur Salpêtra, sans doute faisaient semblant de boire mes paroles, mais malgré cela, ils me donnaient peu à peu goût aux études. Mon école n'était guère l'une des plus reconnues ni ne me promettait un quelconque avenir, mais au moins, ici, j'avais la chance d'étudier. À Athènes, en 1984, il n'y avait pas de quoi s'inquiéter pour être acceptée dans un lycée respectable qui promettrait un bel avenir. Ici, cependant, chez moi, à Killini, la vie était plus dure, plus aride et surtout moins sûre.

- Très bien, vous pouvez sortir. À demain braves gens !

Monsieur Salpêtra était un vieux professeur de géographie, âgé d'environ soixante-cinq ans, il s'était reconverti à la littérature après l'invasion de Chypre en 1974. Je ne pourrais pas dire qu'il s'agissait du professeur le plus intelligent de notre temps, mais humainement, il apportait en classe toujours une vague de chaleur, il rayonnait dans les pièces de l'école et était adoré par tous. Proviseur comme élèves reconnaissaient son don pour redonner l'espoir là où il n'y en avait pas. J'étais particulièrement proche de lui, je vénérais sa culture, comme s'il avait vécu toutes les guerres du monde et avait participé aux révolutions des trois glorieuses. Monsieur Salpêtra aimait parler, avec sa femme, ils vivaient seuls et n'avaient pas pu avoir d'enfant. C'était un homme simple, qui se contentait de peu pour être heureux et à qui la philosophie n'apprenait rien. Je me rappelle que je lui parlais souvent après les cours pendant que mes camarades partaient vers la plage se promener et passer du bon temps. Moi, je restais. J'aimais sa présence, il me rassurait, et souvent, nous discutions de livres ensemble : d'Aristote à Kant, de Ronsard à Baudelaire, de Marx à Cohen, nous balayions toute la littérature des siècles passés et débattions sur des sujets d'actualité qui nous révoltaient. Oui, le monde changeait, le numérique, la télévision plus particulièrement étaient en train de gagner une place monstrueuse au quotidien, et Monsieur Salpêtra et moi n'avions pas l'impression d'être acteurs de ses évolutions. Nous avions l'impression de grandir dans un monde où nous n'étions que de simples pions.

En fin d'après-midi, quand le soleil brûlant de septembre commençait à descendre vers l'ouest, j'allais vers la jetée. Là-bas, les vagues étaient fortes et dans mes souvenirs, les embruns me rafraîchissaient les bras et me chatouillaient les joues. Le vent doux qui soufflait apaisait mon corps, qui toute la journée n'avait cessé d'écrire, calculer, puis de nouveau écrire. J'écoutais les passants et appréciais l'énergie débordante du port. Killini était un fabuleux village de pêcheurs, auquel j'étais très attachée à cette époque. La pêche, la danse et les bars étaient les trois piliers de son économie locale. Les locaux n'étaient guère les personnes les plus riches de Grèce ni même les plus aimées, vivant dans une presqu'île à des centaines de kilomètres de la capitale. Nous étions seuls au monde, entourés d'herbes hautes et de rochers.

Je me rappelle d'un jour en particulier, le vingt-deux septembre 1984. Alors que je me promenais dans le port tout en écoutant d'un côté puis d'un autre les discussions des travailleurs – « Eh p'tit ! J'te passe trois sous si tu m'aides à déplacer ces caisses ! » « Mais fichez-moi la paix, bon sang ! Les gamins sont toujours dans nos pattes ! » – j'aperçus mon père, au loin, en train de décharger des tas de caisses, sans doute remplies de poissons qu'il avait pêchés pendant la journée.

Ma robe à fleurs roses et blanches, mes cheveux châtains et ma peau bronzée avaient dû l'interpeller, car il releva sa tête comme s'il m'avait entendu l'appeler. Mon père était pêcheur, comme on peut en imaginer un des plus communs : barbu, d'une corpulence assez forte, ses traits marqués par la difficulté du métier et ses yeux noirs comme si le sel de la mer s'était introduit en eux et les avait brûlés. Il portait une combinaison bleue marine qui n'avait rien d'élégant, mais à vrai dire, ce n'était pas le but. Mon père travaillait dur. Je ne le voyais pas souvent, il partait tôt le matin à la mer, pêchait toute la journée, rentrait en début de soirée pour vendre sa marchandise et préparait ses caisses pour la journée suivante. Enfin, il rentrait à la maison, tard, épuisé par le travail, il m'embrassait et parlait de longues minutes avec ma mère puis allait se reposer, prêt à reprendre le lendemain. Quand j'arrivai enfin près de lui, je le saluai.

- Eh, s'il te plaît, tu veux bien m'aider à ranger ces dernières caisses ? Ton pauvre père a besoin de repos, de belles vacances ! Il rêvait, il aimait rêver. Nous ne pouvions pas nous offrir des vacances et il le savait parfaitement, mais c'était une façon pour lui d'oublier ces acharnements quotidiens qui nous permettaient à lui, ma mère et moi de vivre sous un toit digne et de manger à notre faim.

- Bien sûr, rentre à la maison, va dormir un bon coup.

Il n'avait pas fallu lui demander deux fois pour qu'il parte. Je n'hésitais jamais lorsqu'il demandait mon aide, au contraire, j'aimais cela. D'abord, parce que se sentir utile était un sentiment qui me rassurait, mais surtout parce que si mon père me demandait de l'aide et qu'il était aussi épuisé par son travail, c'est parce qu'il payait mes études. Nous n'étions pas pauvres, mais ma mère n'avait pas eu la chance de faire des études après la mort de ses parents pendant la guerre, et mon père était donc l'unique personne à pouvoir m'assurer un avenir différent du leur. Il m'arrivait parfois d'avoir un fort sentiment de culpabilité, mais mes parents me répétaient sans cesse qu'ils étaient fiers de moi, qu'eux auraient aimé avoir la chance que j'ai et qu'ils ne regrettaient pas leur choix de vivre en pensant constamment à l'argent, car selon eux, cela promettait un bel avenir. Je les remercie aujourd'hui d'avoir tant sacrifié pour moi.

Enfin, la nuit était tombée, je rentrais vers la maison.

Dans mes souvenirs, notre maison n'était pas vraiment à l'image de notre situation financière, elle était vivement fleurie grâce à ma mère, Hélène, qui avait une main verte fabuleuse. Elle passait des heures entières à arracher les mauvaises herbes, arroser les jacinthes et balayer la terrasse. À vrai dire, elle avait assez de temps pour tout faire, elle travaillait quelquefois pour aider à arrondir les fins de mois en faisant le ménage chez les plus riches du village, qui pouvaient se permettre de payer une femme à tout faire. Mais, le reste du temps, ma mère discutait avec les passants du beau temps et des nouvelles qui arrivaient de la capitale, elle s'occupait des chats des voisins et nous cuisinait de délicieux plats. Son favori était les feuilletés à la moussaka grecque traditionnelle. Elle en raffolait. Ma mère était très jeune, elle avait à peine seize ans quand elle m'avait mise au monde, elle m'avait dit être insouciante et naïve, elle me le rappelait souvent comme si elle avait peur que je commette la même erreur. Mon père tout aussi responsable de sa grossesse, avait assumé son rôle, il avait su l'aider et rester loyal malgré les difficultés qu'ils traversaient pour m'éduquer. Nous étions une famille heureuse, qui ne demandait rien d'autre que de l'amour et de la tranquillité.

Je pris un verre d'eau fraîche, car même si le soleil était redescendu, l'air lourd, lui, était toujours là et sa présence se faisait sentir. Je montais dans ma chambre, me dirigeais vers le bureau que mon père m'avait fabriqué – il était en bois de cèdre, magnifique et assez spacieux pour y faire rentrer tous mes cours – puis je commençais à sortir mes feuilles et me préparais pour une longue nuit de travail. Je ne m'arrëtais jamais de travailler, parce que si les étudiants des grandes villes comme Athènes ou même Larissa pouvaient accéder à de grandes facultés facilement, ici, c'était plus difficile. Il fallait être parmi les meilleurs des campagnes pour avoir la chance d'étudier en ville.
En 1984, à seize ans, j'envisageais de devenir journaliste ou économiste, je ne sais plus trop maintenant. Mon professeur, M. Salpêtra, était ferme dans sa notation, mais juste et j'étais effrayée à l'idée d'avoir une mauvaise appréciation qui me fasse perdre une école, puis une autre. En réalité, ce n'est pas que j'avais peur de décevoir mes parents, j'étais surtout effrayée à l'idée d'être comme mes

parents. Ceci me paraît quelque peu égoïste maintenant, mais à vrai dire, ce n'était pas du tout de la honte que je ressentais vis à vis d'eux, non, seulement, à ce moment-là, ma force et mon souhait de réussir était trop fort pour me rendre compte que la réussite ne se trouvait pas seulement dans un diplôme ou dans une fiche de paie.

Ma mentalité n'avait jamais vraiment gêné mes parents, car au fond, ils n'avaient pu connaître cette sensation de vouloir réussir à tout prix leurs études, de toujours vouloir être la meilleure. Jamais mes parents ne s'étaient posés de questions (est-il meilleur que moi ? Mes proches, vont-ils être déçus par mes résultats ?). Moi, oui.

À ce moment-là, je me disais que l'argent, quelle que soit la façon dont il était considéré, engendrait toujours des problèmes, chaque personne était différente et chacun lui attribuait une valeur différente : certains le pouvoir, comme moi, d'autres la sécurité, comme mes parents. Mais ce qui était certain, c'est que mon rêve était de gagner de l'argent, du moins assez pour ne pas devoir y penser parce que dès mon adolescence, j'avais compris que dans le monde dans lequel nous grandissions, il était indispensable à la survie et qu'il était l'image d'une personne, de sa dignité, de son rang social. Parce que, même si les bourgeois avaient disparu, les riches continuaient à avoir le pouvoir. Et le pouvoir, moi, je le voulais.

Toutes les journées se ressemblaient ici, le soleil se levait vers six heures puis quand il était au plus haut, il ré-entamait sa descente pour laisser place à la lune et aux étoiles. Suzanne, qui était mon amie, écrivaine et poète à ses heures perdues, me comparait souvent à la lune. Ses mots résonnent encore dans ma tête aujourd'hui : « Mon Dieu, Artémis, tu es vraiment comme la Lune, tu as besoin du soleil pour briller – elle faisait référence à mes parents sans doute, où peut être à Monsieur Salpêtra – , mais tu es indispensable pour créer une lumière d'espoir même dans la nuit la plus sombre. Le Soleil est ta source d'énergie, mais toi, tu es notre source d'espérance et quand tu pars, quand le Soleil reprend sa place, jamais tu ne restes loin. Si l'on regarde bien dans le ciel, en plissant les yeux, nous pouvons toujours t'apercevoir, dans une sorte de nuage de fumée. Le soleil a beaucoup d'autres étoiles qui lui ressemblent, Artémis, mais la lune est bien plus que ça, elle est unique, seule la lune est capable de changer de forme chaque nuit pour à chaque fois nous surprendre. Et toi Artémis, tu es la Lune ». Évidemment, Suzanne était une amie rêveuse, au verbe poétique et je ne croyais pas vraiment tout ce qu'elle me disait, mais elle me faisait rire, beaucoup rire. Elle adorait parler à des inconnus aux coins des rues, leur chanter des chansons puis leur faire des louanges. Elle n'était pas le soleil, certes, mais elle était un rayon, celui qui éclaire la mer et la rend bleue quand tous les nuages font qu'elle serait grise. Suzanne était comme ça, elle était une de ces rares personnes solaires.

Cinq, six mois s'étaient écoulés depuis le discours de Suzanne et les tensions dans le pays commençaient à surgir de nouveau. Depuis l'invasion de Chypre en 1974, nous vivions dans l'angoisse constante que le conflit reparte d'une nuit à l'autre. Souvent, la presse locale décrivait des événements qui n'avaient pas grande importance entre des commerçants grecs et des diplomates chypriotes, turcs, mais jamais rien de grave ne s'était passé depuis dix ans. Malgré ce long temps de calme, où les vagues de la mer méditerranée ne bougeaient que sous l'effet du vent, depuis quelques semaines, nous sentions les problèmes ressurgir. Rien de grave, mais des messages à la radio annonçaient un changement, les Chypriotes menaçaient le pays sans passer à l'action et des avions douteux survolaient notre tête dans la journée. Cependant, rien de tout cela ne présageait de ce qui allait arriver…

Nous étions dans le salon, l'air s'était rafraîchi, c'était vers le début du mois de mars et le vent sur la presqu'île était plutôt fort. C'était un soir comme les autres, mon père dégustait un verre de vin rouge. Quant à ma mère, elle terminait son assiette et me faisait signe de venir l'aider à faire la vaisselle. Nous allâmes nous coucher, fatigués par le temps capricieux des jours passés et le travail qui malgré la mi-saison n'avait pas diminué d'intensité.

J'entendis plus tard dans la soirée la porte de la chambre de mes parents claquer. Venant à peine de me coucher, mon oreille était encore assez fine pour entendre une mince partie de leur conversation.

- Orion, mon amour, réveille-toi, ordonna ma mère d'un ton inquiet.

Mon père, se réveillant d'un profond sommeil, bougonnait, dérangé par cette sensation frustrante de ne pas avoir pu finir son cycle.

- Mmmh, rendors-toi, on est en plein milieu de la nuit Hélène, sérieux, nous n'avons plus vingt ans, je dois me reposer.

- Non. Écoute-moi, regarde par la fenêtre, j'ai peur. Vite.

En entendant cette phrase, je me déplaçai moi aussi vers la fenêtre et d'un coup j'eus le souffle coupé. Devant moi, des flashs de lumières au loin jaillissaient de tous les côtés, je croyais apercevoir une faible fumée grise, presque noire, comme un feu. Elle provenait du port. Mon souffle reprenait peu à peu, mais plus vite cette fois, j'entendais mon cœur battre tel un gong, je sentais la sueur coulée sur mes bras, j'avais peur. Je ne savais pas ce qui était en train de se passer, mais je savais que ce n'était rien de bon. Ne contrôlant pas la situation et ayant besoin de réponse, je décidais, comme si j'étais une enfant, d'aller voir mes parents.

- Maman, Papa, qu'est ce qui se passe ?

Mes parents étaient aussi effrayés que moi. Leur poser des questions n'allait rien m'apporter et je le compris vite quand mon père bondit de son lit, courut vers la porte d'entrée, arracha une lanterne et partit par le jardin en direction du port. Ma mère et moi, nous nous regardâmes un instant, et dans son regard, je vis une détresse que je ne connaissais pas, un sentiment de peur qu'elle ne m'avait jamais montré, elle qui se montrait toujours si forte, si souriante et si courageuse. Nous n'eûmes pas besoin d'échanger plus de regards ou même de mots pour comprendre : nous partîmes aussi vite que mon père, empruntant le même chemin, suivant au loin la fumée qui ne cessait de progresser, pour rejoindre le port.

Là-bas, je découvris mon père, en pleurs. Jamais je ne l'avais vu dans un tel état. Une boule dans mon ventre se formait puis disparaissait aussitôt, le vide s'installait en moi et jamais je n'aurai cru qu'il resterait pour toujours. Devant moi, les cargaisons du port étaient en feu, les autres pêcheurs accouraient, des seaux d'eau à la main. Comme si nous étions dans un cauchemar, les flammes s'étalaient de long en large sur les marchandises, sur tout le travail d'une vie, et les pompiers qui essayaient tant bien que mal d'éteindre le feu n'y parvenaient pas. Ma mère, mon père, étaient immobiles, ils ne bougeaient pas, par peur de rendre ce moment plus réel qu'il ne l'était déjà, par peur de se réveiller et de se rendre compte que cela n'était pas qu'un rêve mais que notre patrimoine était en train de brûler sous nos yeux. Je ne saurai décrire ce qu'a pu ressentir mon père cette nuit-là, même la colère ne le rongeait pas, un mélange de désespoir et de solitude s'emparait de lui peu à peu. Ma mère, elle, n'essayait plus de paraître forte, elle était tombée à genoux. Elle qui jamais ne m'avait montré de signes religieux, était en train de prier, de supplier – je ne savais quel dieu – pour sauver sa famille, son honneur.

Le lendemain, nous étions encore dans la rue, près du port, je m'étais endormie sur le sol. Monsieur Salpêtra était venu me réveiller. J'ouvrais à peine les yeux, ne réalisant pas ce qui s'était passé la veille, je ne comprenais pas. J'éclatais en sanglot, sans doute à cause de la fatigue.

- Mais pourquoi ont-ils fait ça, pourquoi ? La guerre est finie depuis longtemps, ces foutus types n'ont-ils rien d'autre à faire que ruiner des familles entières ? Brûler devant nos propres yeux, ces...ces années de sacrifice, je… je ne comprends pas.

Monsieur Salpêtra, qui s'était agenouillé près de moi, approchait la paume de sa main vers ma joue pour essuyer mes larmes. Il n'avait pas besoin de mots, je savais qu'il était attristé par le malheur qu'avait causé cet incendie volontaire à ma famille.

- La guerre n'est jamais vraiment finie, nous l'avons étudiée ensemble ma chère Artémis, plus un homme obtient du pouvoir, plus il veut en gagner, mais quand un homme perd du pouvoir, comme les Chypriotes ont perdu la guerre contre les Turcs, alors il perd toute rationalité. Ces hommes, qui ont saccagé notre monde, n'ont ni pouvoir ni raison. Je suis sincèrement désolé pour toi et ta famille Artémis. J'espère que vous saurez remonter la pente.

Et puis, sans rien ajouter et ne faisant aucun signe, Monsieur Salpêtra m'avait laissée seule, il ne restait que son ombre au milieu du port, comme si rien ne s'était passé. Et c'était mieux ainsi.

Je me relevais avec le peu de force qu'il me restait, mon dos me faisait mal et mes jambes tremblaient suite au manque de sommeil. Je marchais, sans regarder le soleil, il faisait frais. Il devait être six heures du matin quand j'arrivais devant chez moi. Je ne reconnaissais rien, pas même la porte d'entrée. Dehors, des cartons entassés écrasaient les fleurs, les volets étaient clos et les lumières éteintes partout dans la maison. Je ne voyais pas mes parents alors je les appelais de ma faible voix. Puis, je vis mon père débarquer une valise à la main, ma mère le suivait, elle aussi des bagages sous les bras. Comprenant encore moins la situation à laquelle je faisais face, je fronçai les sourcils et entendis la voix de mon père :

- Nous déménageons. Nous partons vivre à Patras. Nous n'avons plus rien à faire ici, m'avait-il dit sans même porter un regard sur moi.

Chapitre 2

Mai 1985, nous étions sur la route de Patras sans savoir ce que nous allions devenir. Mon père n'avait adressé qu'un regard à ma mère, un mélange d'ombre et de désespoir. Malheureusement, si l'un de nous déraillait depuis l'incident, c'était lui, mais si quelqu'un devait soutenir sa famille, avec le peu d'honneur qui lui restait, c'était lui aussi. La route, bien que la ville ne se situait pas très loin de Killini, me parût une éternité. Le soleil tapait sur les vitres de l'autobus. Celui-ci était d'ailleurs sale, les sièges sur lesquels j'essayais de dormir étaient souillés par les anciens passagers. À travers les vitres, il était impossible d'apercevoir la mer tant la poussière s'était collée dessus. L'ambiance n'était plus la même qu'à Killini, elle était pesante, lourde et désagréable.

Enfin, quand je vis le panneau à l'entrée de la ville, une sensation contradictoire m'envahit soudain, une sensation que jamais je n'avais connue auparavant. Jamais je n'avais eu peur de l'inconnu, et encore aujourd'hui, je ne le craignais pas, au contraire, l'inconnu me motivait, car ici, une vraie école m'attendait et m'offrait une véritable chance d'avoir le même avenir que les bourgeois d'Athènes que j'admirais tant. Je ne m'étais encore jamais retrouvée dans une si grande ville, une ville si cosmopolite : des Grecs, des Turcs, des Français, des Italiens. Je pouvais voir aussi des églises, comme dans mes manuels, mais aussi une mosquée, les gens riaient, ils étaient habillés de façon extravagante, portaient des chapeaux, certains même des casquettes, ils dansaient en écoutant de la musique. Quand je détournais mon regard, et le dirigeais de l'autre côté des rues, les gens paraissaient beaucoup plus sérieux, habillés en costume, ils courraient aux quatre coins de la ville, effrayés sans doute d'arriver en retard à leurs rendez-vous avec des notaires, des avocats parfois même le maire. Le paysage, lui, était beaucoup plus riche que chez moi : je découvrais ici la ville, grande et anxiogène. Alors, mon père qui n'avait vécu que quelques mois en ville tenta de me rassurer :

- Ce n'est qu'une question d'adaptation, Artémis, rien de plus. Tu dois être prête à changer encore et encore si tu veux réussir tes études. Ne recule pas devant le changement. Cette peur, toi, tu dois la prendre comme une énergie supplémentaire que Dieu t'offre, elle doit te servir à aller plus loin. Ne fais pas comme moi, chéris la ville pour qu'elle t'accueille, la ville est le berceau des civilisations et de l'avenir, tous les progrès, techniques comme sociaux ont commencé dans les villes. Toi qui veux étudier la politique, c'est une formidable chance ce malheur qui nous est tombé dessus, alors s'il te plaît, ne te morfonds pas, sors de ce bus et va visiter Patras.

Il m'avait dit cela comme s'il avait toujours été dans cette situation, comme s'il ne ressentait aucune compassion face à un départ si brutal. N'était-ce pourtant pas humain ?

Alors je l'écoutais. Après avoir dormi dans le patio d'une vieille femme, Madame Lopec, qui nous avait gentiment offert son logis après que mon père lui ait raconté notre situation, je décidais d'aller visiter la ville, d'acheter une carte postale pour l'envoyer à Suzanne puis de trouver un lycée où étudier. Dès ma sortie sur les grandes avenues, un air chaud désagréable me fit tressaillir : c'était le mélange de la pollution des voitures et des usines qui entouraient la ville. Le paysage ici qui m'était offert, bien qu'impressionnant ne me plaisait guère, il n'avait rien d'authentique, ni de charmant et encore moins de romantique. Je n'avais plus l'impression d'être en Grèce, mais au centre d'un monde qui n'était pas le mien. Enfin, après avoir traversée quatre longues avenues et longée toutes les vitrines des magasins, je me trouvai face à la mer. Cette fois-ci, j'admirais la beauté azurée. Contrairement à l'agitation de la ville, les vagues étaient bien plus calmes et m'apaisaient, il n'y avait qu'un seul couple, simple et élégant qui se prélassait sur le bord de la plage. Ils ressemblaient à mes parents et respiraient l'amour. Je m'assis sur le rebord d'un mur, face à la mer et commençai à écrire.

23 mai 1985,

Ma Chère Suzanne,

Tu me manques déjà. J'espère que ta famille et toi vous portez à merveille, que vous profitez du bon temps à nouveau, mais surtout que tu ne m'en veux pas. J'ignore sincèrement comment j'ai pu partir sans venir te dire au revoir. Le départ a été si soudain, mon père, complètement anéanti par ce malheur, ne m'a laissé le temps de te dire au revoir, ni à toi ni à Killini. Il a fermé les yeux sur notre quotidien et a fait une croix sur notre village. Je n'étais pas prête pour cela. Je suis arrivée en ville il y a maintenant un peu plus d'une semaine et nous logeons chez une gentille dame. Mon père et ma mère essaient de trouver le plus rapidement possible un nouveau travail afin de pouvoir payer la suite de mes études. Voilà le peu de nouvelles que j'ai à te donner. J'espère pouvoir t'en donner davantage plus tard.

Je souhaiterais aussi que tu remercies Monsieur Salpêtra pour être venu à ma recherche après l'incendie. Son acte me prouve encore une fois sa si belle humanité, que je ne cesse d'admirer chaque instant un peu plus.

Enfin, me voilà en train d'écrire cette lettre et je suis déjà nostalgique du temps passé avec toi.

Je ne te remercierai jamais assez, et j'espère te rendre fière d'ici. Écris-moi vite.

Je t'embrasse très fort.
Affectueusement,
Ta tendre amie, Artémis Kosta.

Je glissai la carte postale dans une enveloppe, léchai celle-ci et partis à la recherche d'une boite aux lettres. Je marchais, la tête haute, admirant les immeubles autour de moi, j'étais impressionnée et ressentais une sorte de puissance à marcher dans cette immensité. Il ne me manquait plus qu'une chose à faire : trouver un lycée où poursuivre mes études. C'est à ce moment-là que je croisai le regard d'une jeune fille qui paraissait être de mon âge. Je n'avais pas vu grand monde avec qui tisser des liens d'amitié ici. Patras, bien qu'étant une grande ville était majoritairement peuplée par des personnes âgées et des travailleurs dont les visages étaient marqués par le soleil. Cette jeune fille dût voir des traits sur mon visage qui appelaient à l'aide. Elle était blonde, assez fine et ses vêtements étaient élégants. Elle portait un pantalon et son haut dentelé accentuait sa finesse et son caractère de citadine. Elle me parût aimable alors je m'approchai d'elle.

- Bonjour, l'interpellai-je confiante.

- Bonjour, avez-vous besoin d'aide ? Sa réponse m'avait surprise, jamais personne ne m'avait vouvoyée auparavant. À Killini, tout le monde se connaissait et si ce n'était pas le cas, jamais l'idée de vouvoyer quelqu'un ne nous serait venu à l'esprit, non pas par manque de respect, mais simplement par tradition.

- Oui, je vous ai vu au coin de la rue, je cherche un lycée où étudier, j'ai déménagé il y a peu de temps et j'ai besoin de reprendre mes études au plus vite.

- Et bien, vous êtes tombée sur la bonne personne, j'étudie à l'école publique *Theo Angelopoulos* et depuis le retour des Chypriotes ici, beaucoup d'élèves ont déménagé vers Athènes pour éviter les ennuis. Le lycée cherche donc de nouveaux élèves qui ont un bon niveau. L'institut n'est pas reconnu comme le meilleur de Patras, mais son niveau est bon et il ne cesse d'augmenter dans les classements ces dernières années. Il est là-bas, au bout de l'avenue. Il est assez loin de la mer, mais il est au milieu du centre historique. J'apprécie la cour ombragée lorsqu'il fait chaud au début d'été. La jeune fille n'arrêtait pas de parler pendant de longues minutes, je perdais souvent le fil de ses paroles. Enfin, si vous voulez, je vous y amène, mon père vient me chercher dans plus d'une heure pour aller au golf. Elle me dit cette dernière phrase qui me fit revenir à la réalité en souriant, comme Suzanne, elle était rayonnante, le destin ne me faisait rencontrer que des femmes comme elles et je le remerciais chaque jour pour cela.

- Avec plaisir, merci beaucoup. Au fait, pouvons-nous nous tutoyer ? Osais-je demander.

- Oh ! Mais bien sûr, excuse-moi. Je t'explique, ici, la ville est très marquée par le commerce et les érudits, c'est pourquoi durant notre éducation on nous demande de vouvoyer tout inconnu.

J'étais surprise des multiples différences culturelles entre Killini et Patras, nous n'étions qu'à une centaine de kilomètres, mais les citadins et ruraux étaient séparés par des années-lumière. J'aimais découvrir toutes ces différences, mais j'espérais sincèrement m'intégrer facilement et comprendre ces mœurs si nouvelles pour moi.

C'est ainsi que je fis la rencontre d'Illyna, une amie qui encore aujourd'hui garde une grande place dans mon cœur. Illyna m'avait raconté pendant notre marche tout ce qu'il fallait savoir pour m'intégrer et ne pas me faire marcher dessus. La ville selon elle était chère, elle était un nœud de mensonges et de critiques, mais elle était aussi une source de créativité et d'imagination qui ne cessait d'évoluer et de fasciner ses habitants. Illyna avait tout juste mon âge, elle était rentrée dans ce lycée selon elle grâce à son père, qui s'entendait particulièrement bien avec le directeur.

Arrivée là-bas, je vis le lycée. Il n'y avait point d'agitation ni d'élève, car nous étions samedi, mais elle me disait que l'administration, elle, travaillait même le dimanche depuis le départ des élèves. Elle m'expliquait qu'il y avait des tensions au sein des syndicats et académies qui étaient inquiets par rapport au prestige de leur école. Elle ajouta alors que je pouvais rentrer et qu'elle était prête à m'accompagner si cela me faisait peur. Je me rappelle lui avoir souri sincèrement pour la première fois alors que mon ventre lui se serrait.

Nous ouvrîmes le portail et marchâmes jusqu'aux bureaux. Là-bas, Illyna appela un homme.

- Bonjour, je suis Mademoiselle Papoulos, je suis ici avec une amie de longue date qui est arrivée en ville il y a un mois environ. Elle aurait besoin de renseignements, elle veut étudier ici. Pouvez-vous nous aider ? À peine eut-elle fini sa phrase qu'il lui présenta sa main en signe de respect.

- Je crois vous connaître, votre père est bien le maire de Patras, n'est-ce pas ? Je suis à votre service, suivez-moi. Il ne m'accorda aucune attention et était complètement absorbé par Illyna, synonyme de pouvoir ici. Elle ne me l'avait pas dit malgré les occasions qui s'étaient présentées, alors je pensais qu'elle était mal à l'aise, qu'elle n'aimait pas ce titre ou peut-être qu'elle ne me considérait pas assez proche pour me le dire. Enfin, elle m'avait présentée comme une vieille amie et je comprenais encore moins cela.

Une heure s'était écoulée depuis notre arrivée et nous n'étions parties qu'après avoir pris et complété les papiers d'inscriptions, pour les remettre directement. Je n'avais pas pensé une seule seconde à mes parents. Après tout, l'école était publique et il ne pouvait pas s'opposer à mon choix, au contraire. Cependant, le soir, quand je rentrais, mon père avait bu, il ne buvait presque jamais et sans même me saluer ou me demander pourquoi j'étais partie toute la journée, il se leva de sa chaise et jeta son verre vide sur moi. Je ne me rappelle pas avoir criée ou même pleurée. Je l'avais regardé, sans dire un mot, je ne comprenais pas ce que j'avais fait de mal. Ma mère, elle, pleurait, mon père lui aussi était en état de choc. Je pense que lui-même n'aurait jamais pensé me faire du mal. Il ne buvait qu'une fois par semaine ou lors de la fête de village, mais jamais je ne l'avais vu boire autant. Il avait toujours contrôlé son comportement et jamais l'alcool ne m'avait fait peur, je n'avais jamais bu moi-même et les effets de l'alcool m'étaient inconnus.

- Artémis, monte dans le patio voir Madame Lopec, me dit sèchement ma mère qui jamais ne me parlait ainsi.

Je partis en courant, traversant le couloir, ouvrant la porte-fenêtre, la respiration saccadée et la vue brouillée. Quand j'arrivais dans le patio, Madame Lopec me prit dans ses bras sans même y réfléchir. Elle était le genre de femme à apporter une tendresse infinie, à aider ses prochains sans rien espérer en retour. Elle aimait la vie malgré le peu qu'elle lui avait offert. Elle avait perdu son mari, mais avait continué de disperser l'amour autour d'elle. Elle ne me demanda pas ce que j'avais, elle sentait à travers mon cœur qui battait si fort que je ne voulais pas en parler.

Le soir, quand j'allais me coucher, le soleil était enveloppé de nuages et mon corps me semblait toujours aussi lourd. Je mis longtemps à trouver le sommeil, je me demandais pourquoi il avait bu, comment ma mère avait-elle pu le laisser dans cet état sans rien dire, sans s'énerver. Elle avait l'habitude de ne pas contredire mon père, non pas qu'elle était soumise, seulement, elle n'avait jamais eu beaucoup de raisons de le faire.

Le lendemain à mon réveil, il était déjà sept heures, le jour s'était levé depuis longtemps et la chaleur commençait déjà à se faire sentir. Je descendis dans le salon et surpris mon père, sobre cette fois, discuter avec un homme élégant habillé en costard. Ils parlaient d'appartements, de logements où nous pourrions vivre pour ne plus déranger Madame Lopec. Mon père n'était pas un lâche, il n'était du genre à négocier les prix jusqu'à ce que le vendeur ne puisse gagner sa vie, mais il aimait la justice et les prix de la ville ne lui plaisaient guère.

- C'est hors de question que je dépense cent-cinquante mille drachmes pour loger ma femme et ma fille je vous dis. Vous pouvez partir.

Alors l'homme, qui comprit qu'on ne pouvait raisonner un homme comme lui, décida de partir à la recherche sans doute d'un meilleur client, qui saurait lui acheter ses biens immobiliers. Je m'avançais alors vers lui, tremblante, sans même le regarder dans les yeux, mais il partit. Mon cœur se resserra. Suzanne avait une relation conflictuelle avec son père et elle avait l'habitude de m'en parler, mais jamais je n'avais imaginé que ces tensions soient une telle source de frustration. Hélène débarqua ensuite dans le salon, s'approchant de moi pour me serrer dans ses bras.

- Maman, je ne comprends pas ce que j'ai fait, je suis désolée, disais-je les larmes aux yeux. Papa n'est pas comme ça, pourquoi a-t-il bu autant ? C'est à cause des Chypriotes ?

- Non mon amour, ne pense pas ça, papa est malade depuis longtemps maintenant. Il a commencé à boire bien avant que tu sois née. Il a arrêté pour toi. Mais, depuis ce changement l'a bouleversé, il doit prendre le temps de s'adapter à une nouvelle vie, une vie qu'il n'a jamais souhaitée, une vie qui n'est pas la sienne. Il a besoin d'endosser le rôle d'un père et le fait de ne pas pouvoir offrir confort et sécurité à sa famille l'inquiète. C'est pour ça qu'il boit, ce n'est pas à cause de toi. Tout ira mieux un jour, je te le promets. En attendant, vas te doucher et sors te faire des amis, je vais partir à l'autre bout du quartier pour essayer de trouver un travail.

Lorsqu'elle finit de parler, j'allai saluer Madame Lopec, me douchai et puis enfilai une robe avant de sortir de l'appartement en me dirigeant vers la mer.

À ce moment-là, je n'avais pas encore parlé à mes parents de mon inscription au lycée, je n'en avais pas eu l'occasion mais au vu de l'état de mon père, je ne comptais pas leur annoncer de sitôt, bien que la rentrée était prévue d'ici quelques jours.

Je passais donc la semaine suivante à la mer, étudiant chaque jour de longues heures afin de ne pas perdre toutes mes connaissances et mon travail fourni jusque là. Illyna me ramenait ses cours afin que je prenne de l'avance et souvent même restait m'expliquer certaines notions en sciences quand je ne comprenais pas. Le si peu de kilomètres séparant mon village et cette ville cachait l'énorme misère de Killini, et plus je travaillais, plus je me rendais compte du niveau médiocre de mes études là-bas. J'écrivais des lettres à Monsieur Salpêtra et à Suzanne assez souvent, j'attendais leurs réponses devant la porte d'entrée chaque jour. Le facteur arrivant, je savais que c'était pour moi et cela me rendait heureuse. Bien que Suzanne me manquait, j'aimais ce nouveau train de vie et mon adaptation était plutôt rapide et agréable. Chaque après-midi, vers quinze heures, j'allais chercher Illyna au lycée et nous marchions jusqu'à la plage, nous avions installé ce petit rituel, elle me parlait de sa famille, me racontait des histoires farfelues qui me faisaient rire, ses amours, très souvent avec le même garçon d'ailleurs,

Nikolas, qu'elle aimait tellement. Je n'avais encore rencontré que très peu de ses amis, j'avais eu l'occasion d'en saluer quelques-uns, mais aucun ne m'avait réellement parlé. Je connaissais pourtant grâce à elle un tas de choses sur eux, qu'eux même ignoraient.

La veille de ma rentrée, alors que mes parents avaient rencontré le directeur du lycée trois jours auparavant pour confirmer mon inscription, mon père m'annonça fièrement qu'il avait trouvé un appartement à Patras.

- Il ne sera pas grand, n'aura pas de jardin pour ta mère, mais c'est tout ce que nous pouvons avoir. Tu auras ta chambre, ton bureau et tu pourras continuer à travailler autant qu'avant. J'avais l'impression que derrière son ton orgueilleux il avait honte, mais c'était si rare de le voir ainsi depuis notre arrivée que je n'y prêtais pas attention sur le moment et le remerciais lui et ma mère.

Je partis dormir en sachant que le lendemain, plus rien ne serait jamais comme avant.

Chapitre 3

Seize juin 1985. J'ouvris la porte de notre nouvel appartement et partis rejoindre mon amie en bas de la rue. Elle était là-bas, toujours aussi souriante, vêtue d'une chemise bleu clair et d'une jupe blanche, elle s'approchait de moi les bras et le cœur ouverts.

Si je me rappelle bien de cette première journée, je crois bien que nous avions commencé par un cours d'arithmétique. Heureusement, c'était une des matières que je maîtrisais le mieux, alors tout allait bien. Je rencontrais ses amis brièvement, ils paraissaient tous très agréables. Curieux, ils me demandaient pourquoi j'étais venue ici ou encore ce que faisaient mes parents. Je leur répondais chaleureusement et avec honnêteté que mes parents peinaient à trouver du travail et que j'étais venue ici pour prendre un nouveau départ.

- Nous sommes désolés pour toi. Nous aimerions t'aider, dis-nous ce dont tu as besoin, on pourrait en parler à nos parents tu sais ! M'avait dit Nikolas, le garçon dont Illyna me parlait souvent. Je me rappelle le regard que m'avait lancé mon amie sur moi ce jour-là, son sourire au coin des lèvres qui étirait sa joue comme pour me dire « tu vois, il est exactement comme je te l'avais décrit, tendre et si beau ». Cela m'avait aussi fait sourire par la suite. Enfin, ma première journée était plutôt calme, les professeurs étaient respectables et respectés, mais aucun n'avait réussi à combler le vide qu'avait laissé Monsieur Salpêtra depuis mon départ.

Le mois de juin passait à une allure hallucinante, je ne faisais que travailler en rentrant chez moi le soir, mais la fatigue commençait déjà à se faire sentir. Je n'avais pourtant aucun examen important cette année-là, je crois bien, mais mes facilités ne suffisaient plus à avoir le même niveau qu'avant. J'apprenais ce qu'étaient le travail, l'assiduité et la difficulté. Je croyais connaître ces mots bien avant et les employer quotidiennement, mais en réalité je n'en compris le sens que lors de mes premières retenues suite à de mauvaises notes. Je ne me sentais pas mal ni même déçue, j'avais seulement peur : pendant dix-sept ans, j'avais toujours tout contrôlé et du jour au lendemain, la peur m'envahissait et l'on me retirait le savoir en m'offrant le risque. Malgré cela, mes proches me soutenaient, Monsieur Salpêtra me disait qu'il était fier de moi et me redonnait courage en me disant que lui aussi était passé par là. Illyna continuait de venir m'aider régulièrement accompagnée de Nikolas ou Vivian.

C'était la dernière soirée de juin, les vacances d'été étaient proches, notre famille semblait avoir retrouvé son calme, nous dînions sur la minuscule terrasse de l'appartement qui donnait sur les immeubles d'en face contrairement à notre maison où nous avions vue sur la mer. Ma mère, Hélène, faisait la plonge dans un restaurant qui payait une misère. Elle n'avait pas eu d'autres choix que d'accepter. Chaque soir, elle revenait plus fatiguée que le précédent, mentalement comme physiquement. Malheureusement, mon père, lui, continuait les travaux à temps partiel : quelques fois, il rendait service au voisinage en bricolant, d'autres fois, il faisait des tournées de cagettes au port ou encore remplaçait un vendeur malade au marché. Son état s'empirait à vue d'œil chaque jour, il n'avait pas arrêté de boire comme il me l'avait pourtant promis. J'avais regardé des reportages et lu des magazines sur l'alcoolisme : en deux mois déjà, il réunissait plus de la moitié des symptômes qui permettait de diagnostiquer la maladie. J'avais peur, pour lui et pour nous. Car quand il buvait, il n'était plus Orion Kosta, mais il était un homme maladroit, bruyant et surtout violent. Je me rends compte aujourd'hui que son comportement n'était pas normal, mais à l'époque, à dix-sept ans, quand il claquait ses mains contre ma joue gauche puis me tordait les bras jusqu'à couper la circulation du sang et enfin s'écroulait tellement il était soul, cela ne me choquait pas. Ma mère ne disant rien je pensais qu'il était normal d'agir ainsi avec sa fille et qu'elle aussi avait dû être traitée de la sorte.

Les chaleurs du mois de juin m'étouffaient, mais mes bleus m'empêchaient parfois, par peur et par honte, d'enfiler un débardeur. Je ne voulais pas la pitié de quiconque, ni de mes professeurs ni de mes amis.

Nous étions tous assis sous l'ombre d'un arbre, Illyna dans les bras de Nikolas qui souriait bêtement. Je me demandais à ce moment-là pourquoi l'amour avait autant d'effet sur les comportements humains, je ne comprenais pas. Les autres étaient Vivian, une fille simple et plutôt sociable, Giovanni et Lasonas, deux meilleurs amis qui toujours prenaient un immense plaisir à taquiner des demoiselles qui passaient dans la rue.

- Je te parie 20 drachmes que j'arrive à avoir un rendez-vous avec elle ce soir sur la plage, lança Lasonas.

- Et puis quoi encore, je sais que tu n'y arriveras pas, tu n'as même pas le courage de parler à ma mère salaud. Giovanni avait la fâcheuse tendance à être vulgaire, il n'était pourtant pas bête du tout, ses résultats scolaires étaient tout aussi brillants que ceux des autres, mais son naturel faisait qu'il parlait souvent sans réfléchir. Évidemment, je m'y étais habituée alors j'en riais. Puis nous les regardions se lever. Lasonas s'approcha de la dame, toujours avec respect, et commença son beau discours rempli de poésie et de louanges :

- Ô ! Ma dame, Ô ! Ma reine, je suis désormais soumis à votre âme, mon cœur ne m'appartient plus depuis que mon regard a croisé le vôtre, enfin, je crois, vous êtes désormais la maîtresse de mon cœur. Ciel, pardonnez-moi, j'exige normalement une telle pudeur de ma part que moi-même suis-je surpris, vous me chamboulez. Voulez-vous, madame, ou devrais-je vous appeler mademoiselle peut-être, me rejoindre ce soir pour un dîner, afin que notre union soit bel et bien liée pour l'éternité ? Nous vîmes la dame au loin sourire puis murmurer quelque chose à son oreille. Giovanni n'en revenait pas.

- Non mais je n'y crois pas ! C'est injuste, rendez-moi mes 20 drachmes, pensait-il tout haut sans s'en rendre compte alors que Lasonas revenait, le sourire jusqu'aux oreilles. Il avait l'air d'un vrai benêt comme l'avait dit Illyna. Nous levâmes la tête puis fûmes interrompus.

- Elle était mariée, déclara-t-il en donnant les 20 drachmes à Giovanni. Je me rappelle de cette scène comme si c'était hier, elle avait été mon premier fou rire à Patras, tous riions aux larmes, y compris Lasonas qui n'avait aucune honte. C'était avec eux que je me sentais bien. Je pensais un peu moins aux notes et aux devoirs qu'il me restait à faire pour m'assurer un avenir aussi digne que le leur.

- Hé ! Si on faisait une soirée sur la plage ce soir ? C'est vrai, on est à même pas deux semaines des vacances et les conseils de classe sont lundi prochain, on n'a plus rien à faire !

- C'est vrai, on devrait profiter de cet été et…ajoutait Giovanni

- Comme si c'était le dernier, le coupait Lasonas qui avait compris l'idée de son ami. L'année qui suivait était notre dernière année, nous devions choisir des écoles ou un lieu où travailler pour ceux qui auraient le moins réussi, alors il fallait profiter de ces dernières vraies vacances avant que la vie devienne un véritable calvaire.

Nous nous rejoignions donc tous les soirs, sur le sable encore tiède, coloré de roux et de blanc, assis à écouter de la musique et parler de tout et de rien. Je passais de moins en moins de temps avec ma famille par pure volonté, je ne me sentais plus comme avant avec eux et la honte intériorisée en moi s'invitait quelques fois lorsque je riais à chaudes larmes avec mes amis. Je culpabilisais tellement, mes parents payaient mes études et un loyer si cher pour moi, pour que j'ai la chance d'avoir un avenir décent, et moi, l'unique chose que je trouvais à faire était de m'éloigner d'eux. Illyna me rassurait en me disant que c'était normal de sortir plus à mon âge, qu'elle ne voyait jamais ses parents non plus et que mon désir d'émancipation provenait sans doute aussi du fait que mon père ne cessait de m'effrayer chaque jour un peu plus. Elle ne comprenait pas ce que c'était que d'être financièrement instable, elle ne savait pas ce que c'était que de devoir compter combien de sous il nous restait à la fin de la journée, mais elle savait comment être une amie, cela oui.

Au fil du mois de juillet, alors que je commençais à trouver des petits « boulots » par-ci et par-là afin d'aider mes parents à arrondir les fins de mois, j'appréciais de plus en plus Patras et son ambiance mélancolique, j'y retrouvais parfois même des ressemblances avec Killini et n'hésitais pas une seule seconde pour en faire part à Suzanne. Ma vie, outre les conflits avec mon père qui se multipliaient, s'était simplifiée, j'avais appris à apprécier les moments simples et calmes, à regarder la mer sans imaginer une tempête se déclencher, à lire un livre sans lire le résumé par peur d'être déçue.

Cependant, alors que ma liberté n'avait jamais été aussi grande, je me sentais quelque peu étouffée par la masse d'informations dont discutaient mes amis tous les soirs, notamment une qui me tenait éveillée. Ils parlaient souvent d'un même garçon, deux ans plus âgés qu'eux, j'avais l'impression qu'ils l'aimaient, plus que tout d'ailleurs, comme un amour fraternel, mais que d'un autre côté, ils le détestaient. Illyna m'avait dit que ce garçon en question – quand je lui avais posé des questions – était parti du jour au lendemain, sans rien dire à personne ni même à sa mère. Elle me rajoutait qu'ils ne savaient ni pourquoi il était parti ni pour combien de temps et que s'ils me paraissaient froids lorsque je leur demandais plus d'informations à propos de lui, c'est parce qu'ils lui en voulaient d'être parti sans même leur dire, car ils étaient censé être «une famille liée par l'âme et non le sang» m'avait-elle dit. Le peu que je connaissais de lui concernait son physique, il était grand, brun, aux yeux noirs, je ne connaissais pas son prénom et très peu de traits de son caractère, mais j'avais une sensation étrange en moi qui m'attirait, je voulais en savoir plus. Il m'appelait.

- Il ne reviendra pas j'te dis, n'insiste pas. Il est parti à Athènes vivre sa belle vie d'égoïste de merde loin de sa mère et des embrouilles, jeta Giovanni à Vivian après qu'elle ait parlé de lui pour la dixième fois au moins de la soirée.

- C'est faux, il aime peut-être être seul, parfois malheureux, mais il ne serait jamais parti sans raison, le défendit Illyna.

- Mais arrête donc, toi-même tu n'y crois pas une seconde. C'était la toute première fois que je les voyais être en désaccord sur un sujet et je me sentais de trop, je me sentais très mal à l'aise, mais ma curiosité me poussait à rester les écouter. Illyna se leva brusquement de chaise et se mit face à Giovanni, prête à l'affronter. Son corps face au sien ne valait rien, mais des éclairs de rage illuminaient son regard qui normalement était si doux. Ni Nikolas ni Lasonas n'étaient là pour calmer la situation, bien qu'avec du recul, je pense qu'ils l'auraient empirée. La tension entre mes deux amis ne cessait de croître comme si le sujet de la dispute était plus qu'un sujet, mais un danger.

- Mais merde, si. Je te dis que si, je le connais, je sais comment il fonctionne, j'ai grandi avec lui, je te rappelle. Il n'aime peut-être pas ce monde, mais il nous aime, il a des valeurs et s'y tiendra toujours alors arrête de le traiter comme s'il était un traître ou un moins que rien, il ne l'est pas. Pas avec nous du moins. Le ton d'Illyna était redescendu en l'espace d'une seconde, mais je sentais qu'à travers ses paroles, elle aussi manquait de sincérité, comme si elle était dans le déni le plus profond, elle se voilait les yeux avec un foulard blanc mouillé, un foulard transparent.

- Mais putain, regarde autour de toi merde ! Tu vois bien qu'il est lâche, il n'a pas su s'occuper de son frère, a arrêté l'école sous prétexte qu'il n'aimait pas ce système, a délaissé Rose, sa mère, seule et malade sans aucune pitié.

Il n'est pas que malheureux, il est lâche bordel ! Moi aussi je l'aime, il est comme mon frère, mais moi, je regarde la réalité en face au moins. Giovanni finit sa phrase comme cela, les larmes aux yeux et contrairement à mon amie, lui, me paraissait plus que sincère comme s'il avait été la victime de ses actes. Alors que la dispute se terminait, j'apercevais au loin Lasonas courir, il paraissait essoufflé, comme s'il avait déjà couru pendant des kilomètres, lui qui avait une allure si sportive me semblait être épuisé. Enfin, quand il fut assez proche de nous pour que l'on entende ce qu'il avait à nous dire, nous levâmes ensemble la tête et simultanément nos yeux se dirigèrent vers lui.

- C'est Stelios. J'ai croisé son oncle en ville, il a reçu une lettre. Il revient demain, lâcha-t-il sans conviction alors qu'à la vue de leurs réactions, cette nouvelle s'apparentait à un orage destructeur.

Chapitre 4

Ma Chère Suzanne,

Ici, tout est plus compliqué, je trouve peu à peu ma place dans la ville, mais de nombreuses choses m'échappent. J'ai découvert les plus beaux quartiers historiques et me suis inscrite à l'école : Philagrios d'Épire. J'ai rarement eu l'occasion de traîner avec des garçons, nous étions toutes les deux le plus souvent et en classe leur adresser la parole était rare, mais ici, ma nouvelle amie, Illyna, a un groupe d'amis adorable avec qui j'ai fait connaissance : il y a Lasonas, Nikolas, Giovanni et Vivian. Tous sont de très bons élèves qui ont des parents avec une situation financière aisée. Chaque membre de leur famille a une importance au sein de la ville, certains sont adjoints du maire, d'autres directeurs d'instituts, et même Lasonas, son père travaille à l'Ambassade à Athènes.

Cependant, tu vois, j'ai quelque chose qui me dérange, leur histoire ne me paraît pas aboutie, ils ont beau me dire qu'il n'y a rien à savoir sur eux, qu'ils ne sont que de jeunes adolescents qui veulent boire et étudier, j'ai l'impression qu'il me manque de nombreuses pièces dans un puzzle à peine entamé. J'espère pouvoir t'appeler pour te raconter plus de détails et entendre ta voix quand mes parents m'autoriseront à le faire. Pour te donner une idée, et ne pas te laisser dans la frustration de n'avoir qu'une mince partie de l'histoire, je me soucie de l'arrivée d'un garçon, Stelios, dont je ne connais que le nom et le mal qu'il a fait autour de lui. Il m'a été décrit par mes amis comme marginal, égoïste, sincère et lâche et oh Suzanne ! Tu aurais vu la tête qu'ils ont faite quand Lasanos nous a annoncé son retour. Sans même le connaître, mon cœur s'est glacé de givre.

Enfin, je travaille beaucoup, je n'arrête pas, la ville est une formidable occasion pour moi d'élargir mes relations dans le monde du journalisme, je suis sûre que tu comprends ! J'espère pouvoir aller au théâtre un de ces jours, c'est mon plus grand rêve.

Donne-moi de tes nouvelles, Dieu sait que j'aime tes lettres et que j'entends même ta voix quand je les lis.

Je pense très fort à toi ici et ne t'oublie pas.
Ta plus dévouée amie,
Artémis Kosta.

Il était tard, je travaillais. Les cours s'étaient terminés vite cette année pour moi, les examens étant en fin d'année, les autres niveaux et le mien étions libérés plus tôt, je n'avais donc ni d'examen ni de devoir à réviser, mais j'aimais m'entraîner sur les concours d'école de commerce, d'école de journalisme car si je récoltais assez d'argent avant mars prochain je pouvais passer mes oraux et concours pour accéder aux grandes écoles dont j'avais tant rêvé. Vers deux heures du matin, alors que les étoiles dans le ciel à peine brillaient face à la lumière artificielle des immeubles, j'éteignais ma lampe de chevet, prenais un coton, le trempais dans mon bol d'huile essentielle, une vieille technique que ma mère m'avait apprise, qu'encore aujourd'hui j'applique, et le posais sur mon visage alors reposé et enveloppé de douceur. Je me levais pour rejoindre mon lit, m'enroulais dans ma couette puis fermais les yeux. Paix.

Mon quotidien n'était donc que cela en ce début d'été, je ne voyais guère mes parents qui travaillaient beaucoup et mon père, buvant toujours autant, avait décidé de prendre ses distances avec ma mère et moi, car il était bon et avait peur. Quand il n'était pas au port à servir ou dans la supérette de la rue à remplacer le gérant, il était à la minuscule place de notre arrondissement, avec de vieilles personnes, à rigoler et boire. Je me rappelle exactement ce que je ressentais quand je le voyais à cette époque : de l'effroi de ne plus jamais le revoir tendre comme avant, de la honte que je ressentais quand tous mes amis avaient des parents stables, de la peine quand je repensais à nos discussions à Killini sur la terrasse, de la nostalgie de nos moments passés au port. J'avais sincèrement peur de ne plus jamais revoir cette figure de père qu'il m'avait donnée, ce courage qu'il m'avait appris à toujours me battre pour ce que je souhaitais. Il était pourtant rarement violent avec moi, il faisait tout pour ne pas avoir à l'être, mais sa maladie prenait quelques fois le dessus et une claque ou deux frôlaient ma joue, puis mon poignet et parfois mes côtes. Lorsque cela arrivait, ma mère ne faisait rien. Au contraire, la scène était pour ses yeux d'une telle abomination qu'elle partait en courant, pleurant, vers la salle de bain s'enfermer. Bien sûr, aujourd'hui, je comprends sa réaction, la peur avait surpassé son courage et son amour maternel se voyait peu à peu fissuré à chaque coup. C'était comme si un poing dans mon ventre équivalait à un poing dans son cœur. Je banalisais tellement les actes de mon père, que plus le temps passait, plus ils me paraissaient normaux. Son état me touchait tant que j'étais prête à encaisser les coups afin de le soulager.

Je ne le déteste pas, je n'y arrive pas, il était malade et déçu par un monde trop injuste.

Il devait être quinze heures, je partis de la maison pour rejoindre Illyna sur la jetée – je l'avais croisée déjà, hier, dans la rue – et étant pressée, elle m'avait seulement crié de l'autre bout de la rue « Artémis, je t'en supplie, viens demain après-midi à la plage ! J'ai à te parler. ». Le soleil réfléchissait les cheveux des passants, noirs, blonds, châtains, tous brillaient, hommes et femmes étaient habillés élégamment, les hautes températures d'été ne les amenaient pas à manquer d'élégance et à enlever leurs costumes. Les hommes à cravate se grattouillaient le cou à cause de la sueur qui coulait dans leur dos, et alors qu'une sensation désagréable s'installait en moi, je me rappelai qu'un jour, moi aussi je pourrais être dans ce cas-là, à courir rues après rues à la recherche d'un travail. J'arrivai à la jetée et Illyna se jeta sur moi, le sourire aux lèvres, les yeux brillants, et ses joues rougies par des coups de soleil :

- Mon dieu, Artémis ! Merci d'être venue, tu me sauves.

- Tu sais, je serai venue dans tous les cas te voir avant dimanche, seulement, je travaillais, pardonne moi.

- Non, non. Il n'y a aucun problème, je comprends, la dispute que tu as vue la dernière fois entre nous n'a pas dû te mettre à l'aise, j'en suis désolée. À vrai dire, c'est assez rare, on est un groupe soudé qui passe la plupart du temps à rire, seulement, tu vois, nous avons chacun nos différences et certaines ont du mal à être acceptées. Stelios a toujours été quelqu'un de problématique dans notre groupe parce que sa façon de vivre et de penser ne correspond pas à la nôtre, il aime l'aventure et lutte pour la liberté, il ne travaille pas à l'école car il pense qu'elle est le tombeau des inégalités mais il reste un des plus intelligents d'entre nous. Il est cultivé mais son insolence lui joue des tours le plus souvent. Lasonas est jaloux, il ne comprend pas comment il peut ne rien faire pour réussir, mais tout de même être le meilleur. Giovanni lui, lui en veut d'être parti du jour au lendemain sans rien nous avoir dit, ils étaient meilleurs amis, les deux passaient leurs journées ensemble et son départ l'a bouleversé. Enfin, malgré tout, Stelios fait partie du groupe depuis toujours et nous l'aimons. Lui ne le montre pas, il est du genre à garder ses sentiments pour lui et à faire le sourd dans n'importe quelle situation, mais au fond, je sais moi, qu'il nous aime tous. J'espère que mes explications ne t'embrouillent pas plus et que tu sauras accepter et nous pardonner de nous être emportés devant toi sans raison. Je sentais qu'elle était soulagée de s'être confiée.

- Illyna, je ne t'en voulais pas. Pour autant, je ne comprenais pas et ne me sentais pas à ma place parmi vous, mais je comprends désormais. Est-il revenu ?

- Oui. Il n'est pas encore venu nous voir, mais il le fera ce soir, c'est pour cela que je demande ton aide. On pense qu'il est encore avec sa mère en train d'arranger quelque chose mais Vivian dit l'avoir aperçu au magasin, celui de son oncle, il travaille là-bas pour gagner des sous. Tu es libre ce soir ?

- Bien sûr, à ton service ! Rétorquais-je en souriant pour effacer l'inquiétude sur son visage.

- Super. Il a appelé Giovanni hier en rentrant, il lui a dit qu'on se retrouvait sur le rocher du cap vers vingt-et-une heures. Tu seras là ? Je veux voir si tu arrives à capter son attention pour éviter le risque d'une nouvelle dispute, on va essayer de passer une bonne soirée, cela fait presque cinq mois qu'il est parti, il nous a manqué, à tous.

- Compte sur moi, disais-je en l'attrapant dans mes bras. Malgré la sueur sur nos corps, la proximité du sien sur le mien me plaisait, dans ses bras, je me sentais apaisée, dénuée de tout danger.

Le soir, alors que je marchais, presque escaladais, depuis une vingtaine de minutes les rochers, je vis Vivian et Lasonas couchés sur les pierres en attendant le coucher de Soleil. Le paysage devant moi était à couper le souffle, la mer était d'un bleu foncé proche d'un cristal de topaze, les nuages s'assoupissaient peu à peu sur les vagues alors que le Soleil, lui, s'éteignait doucement, passant de la Grèce au Mexique. J'avais comme l'impression de rêver. Outre le bruit de l'eau qui se jetait sur les rochers et l'écume qui se retirait à contre-courant, le silence régnait. Près de la ville, j'avais trouvé un endroit calme qui pouvait enfin me rapprocher de Killini. Nous avions parlé avec Monsieur Salpêtra de ce genre de paysage pendant des heures l'année dernière, l'idéal et le voyage, Baudelaire lui-même ne rêvait que de cela. Enfin, alors que mon esprit flottait, je sentis un souffle derrière mes oreilles, c'était Lasonas qui me saluait à sa façon.

- Ne fais plus jamais ça, lui dis-je en souriant avant de l'enlacer tant il m'avait manqué ces deux dernières semaines.

C'était étrange cette sensation d'apprécier quelqu'un dont on connaît à peine le nom. Alors que je m'asseyais sur mon pull près d'eux, j'entendis le bruit d'un appareil photo, nous nous retournâmes tous d'un air surpris puis Stelios enleva sa tête de l'objectif.

- Quoi donc ? Vous étiez si beaux ! Je devais bien immortaliser le moment, souriait-il.

- C'est toi tout craché ça ! Tu reviens comme ça du jour au lendemain en nous prenant en photo comme si tu l'avais déjà fait hier, dit Giovanni en se dirigeant vers lui. Allez, viens dans mes bras Zorba[1], cria-t-il en le bousculant pour le serrer dans ses bras. Il se laissait faire, paraissait même heureux. Tous allèrent les rejoindre. Illyna semblait émue, je pouvais voir qu'elle était très attachée à leur groupe, Lasonas lui, était simplement fidèle à lui-même, dur comme de la pierre, mais je savais que lui aussi était soulagé, Vivian, elle, restait un peu moins collée à l'homme aux cheveux d'encre, comme si mettre une distance la rassurait. Ils ne me présentaient pas Stelios qui d'ailleurs ne m'avait pas adressé un seul regard.

J'apprenais plus tard qu'elle avait été follement amoureuse de lui, elle avait eu une, peut-être deux, aventures avec lui, et c'est pour cela qu'elle préférait rester loin, car elle connaissait le caractère destructeur de Stelios, qui ne se donnait presque aucune chance d'offrir son cœur à une femme. Ils se détachèrent peu à peu alors que le soleil, lui, venait à peine de se coucher. Puis j'eus pour la première fois de la soirée, sans une quelconque arrogance ni égocentrisme, un regard de sa part posé sur moi. Je détestais cette emprise qu'il avait sur moi par sa simple présence, j'avais comme l'impression de ne plus rien contrôler quand on parlait de lui ou qu'il était là, devant moi. Jamais auparavant, je n'avais connu de tels sentiments, aussi puissants que cela, j'avais peur, mais pas

---

1   Roman de Nikos Kazantzakis, « Zorba le grec » (1946) : vieux héros marginal et égocentrique qui profite à chaque instant de la vie.

la même peur que je pouvais ressentir face à mon père, non, une peur indescriptible mais si belle.

- Et alors, vous ne m'avez pas présenté cette demoiselle. Enchanté, Stelios, me disait-il en m'offrant sa main. Je n'avais pas vraiment su comment réagir sur le moment à l'époque, ma réaction encore aujourd'hui me fait rire bien qu'elle soit honteuse.

- Enchantée, Ar..Artémis Kosta. J'aime ton prénom. Tu ne ressembles pas à ce que l'on m'avait décrit, répondis-je en souriant pour essayer de réparer ma maladresse. Encore aujourd'hui, ce premier échange reste gravé dans ma tête pour toujours, il a signé le début d'une histoire dont je ne connais pas encore la fin.

- Ah ! Voyez, elle aime mon prénom ! Merci. Enfin, que la fête commence.

Et ce fut l'unique échange que nous avions eu pour notre première soirée ensemble. Après avoir repris sa respiration, Illyna alluma la radio, mis la première musique au volume maximum, sortit le décapsuleur et m'offrit une bière que je refusai, puis à Stelios, qui lui, au contraire, la but volontiers.

- Bon retour parmi nous, acclama-t-elle.

- Liés non pas par le sang, mais par l'âme ! S'écrièrent-ils tous ensemble en trinquant.

Chapitre 5

Je marchais dans la ruelle ombragée Mesologgiou suite à un appel d'une dame, âgée d'environ trente ans, qui m'avait proposé de donner des cours de littérature à son fils, qui selon elle « avait plus un poil dans la main que de réelles difficultés ». Alors, devant l'appartement soixante et onze, assez sombre et délabré, je me préparais à sonner. J'avais accepté sa demande par principe car j'aimais transmettre mon savoir, mais aussi pour aider ma famille. Je sonnai à la porte et une femme, au grand sourire m'ouvrit. Malgré son amabilité, je pouvais ressentir chez elle une immense fatigue. Sa peau était vieillie, ses yeux étaient étirés par les rides, ses lèvres gercées faisaient ressortir le rose pâle de ses joues. Elle était belle, très belle. Son sourire me rassura instantanément. Elle m'invita à rentrer dans le salon, il était petit mais très bien aménagé, bien que cette famille ne soit pas des plus riches, un grand piano, noir et propre, rayonnait au milieu de la salle.

- Angelo ! Viens dans le salon s'il te plaît ! L'appela-t-elle. J'entendis alors des pas dans l'escalier qui menait à la mezzanine, il était pieds nus, et n'avait qu'une marinière en guise de haut et un bermuda qui couvrait ses jambes. Il était très simple et paraissait modeste. Voir cette famille me rassurait alors que dans cette ville je n'y rencontrais que des gens puissants et aisés, celle-ci était chaleureuse.

- Bonjour madame Kosta ! Me salua le jeune garçon. Je m'appelle Angelo.

- Bonjour, lui dis-je le sourire aux lèvres tout en me baissant pour me mettre à sa hauteur, ses yeux étaient d'un tel noir qu'ils m'avaient fascinés. Tu peux m'appeler

Mademoiselle ! Je n'ai que dix-sept ans, me justifiais-je en plaisantant.

- Très bien mademoiselle !

Il me paraissait être un garçon tout à fait intelligent, même peut-être trop pour un enfant, et je ne comprenais pas pourquoi sa mère paraissait si inquiète au téléphone au sujet de son travail scolaire. Il était poli et vif d'esprit et je savais, dès le premier instant, qu'il réussirait. Alors que je me perdais dans mes pensées une fraction de seconde, il me ramena à la réalité.

- Tu sais, je ne suis pas bête, mon frère me le dit souvent, seulement maman s'inquiète pour moi, car à mon âge, je n'arrive pas à lire comme lisait mon frère. Penses-tu que je suis bête si je n'arrive pas à lire ? Me demanda-t-il innocemment, ce qui me toucha profondément.

- Mais bien sûr que non, voyons, ça ne marche pas comme ça. Ton frère a raison. Tu n'as peut-être pas trouvé goût à la lecture – me regardant avec incompréhension, je me devais de clarifier mes propos – écoute, lui dis-je, lire n'est pas seulement déchiffrer, associer des lettres, lire n'est pas seulement un savoir, lire c'est imaginer, c'est vivre et si tu lis un livre sans but précis alors cela ne sert à rien. Même si tu ne l'as pas compris encore maintenant, tu vas le comprendre rapidement, je n'en doute pas. J'espère que tu aimeras la lecture autant que moi.

- Je crois avoir compris l'essentiel, rétorqua-t-il timidement.

- Splendide ! Allons-y. Dis-moi, qu'est-ce que tu aimerais lire ? Je t'ai apporté des tas d'exemples, je vais te les présenter et on choisira ensemble...

Ce fut ainsi que je fis la rencontre de ce fabuleux enfant, qui j'espère aujourd'hui continue d'être comme il était.

Nous avions passé presque deux heures à lire et relire des passages, il avait certes d'assez fortes difficultés, mais sa concentration et sa facilité à corriger ses erreurs m'avait impressionnée. À la fin du cours, je me levai pour partir, mais la mère d'Angelo, me rattrapa pour me donner ma paie. Alors, un fort sentiment de culpabilité m'envahit, comme si j'allais être un poids pour eux, comme si cette femme devait choisir entre offrir une nouvelle chemise à ses fils ou leur assurer un avenir meilleur. Elle me regardait d'un air insistant comme pour dire « vous le méritez et je ne veux la compassion de personne » alors je pris l'argent qu'elle me tendait en lui souriant puis repartis chez moi.

À la croisée de deux ruelles, à une centaine de mètres seulement de leur maison, je fis la hasardeuse rencontre de Stelios. Il était là, sa guitare derrière le dos, son visage neutre, presque noirci par les traits froids de ses yeux, il était habillé simplement, vêtu d'une chemise blanche en lin et d'un pantalon bleu marine froissé. Son regard croisa le mien, mais je fis vite le détour de celui-ci. Je ne déchiffrais pas l'emprise qu'il avait sur moi et cela me rendait dingue. Honteuse, je m'apprêtais à partir à l'opposé, mais il s'approcha, et par politesse, je fis de même.

- Bonjour, je ne t'ai jamais vu ici, tu viens souvent dans ce quartier ? Me demandait-il sans doute pour faire la discussion.

- Non pas vraiment, c'est la première fois, c'est très beau d'ailleurs, très fleuri. Je suis venue pour donner un cours. Tu vis vers ici ? Le questionnais-je pour ne pas lui montrer mon angoisse, mon cœur battait si fort.

- Oui, enfin la plupart du temps. Je vais souvent chez mon père, à Athènes. Je dois filer, mon oncle ouvre la boutique dans moins d'une heure et celle-ci se trouve à l'opposé du centre-ville.

- Bien-sûr, je comprends. On aura l'occasion de se revoir avec les autres de toute façon.

- Évidemment, ce soir, d'ailleurs, nous avons prévu de nous retrouver sur la plage, j'imagine qu'Illyna ne te l'a pas proposé car elle te pensait indisponible. Elle m'a confié que tu travaillais beaucoup. Enfin moi, je t'invite, tu n'auras qu'à dire que c'est moi qui t'ai proposé, ils ne te contrediront pas – il était sûr de lui et dégageait une autorité naturelle surprenante, bien qu'il restait très agréable –. Si tu as le temps de retirer ta tête de tes bouquins, penses-y.

Bien que légèrement vexée par cette dernière phrase, je lui répondis que je viendrai avec plaisir si mes parents m'autorisaient. Il me regarda une dernière fois – son regard était ancré dans le mien comme s'il ne pouvait se diriger autrement, mais aucune once de sourire ne se dégageait de son visage – puis partit. Stelios ne souriait jamais et cela contrastait avec Suzanne ou même Illyna. Cela me rendait mal à l'aise souvent, mais j'avais appris avec le temps à apprécier cette solennité et comprenais que ce n'était pas à cause de moi, mais que c'était simplement son caractère.

En poussant la porte principale de l'appartement, j'entendis de lourds bruits de pas provenant de notre étage, puis un verre se briser avant d'atteindre le plus parfait des silences. Inquiète, je montais les marches à une allure folle, poussais la porte d'entrée déjà à moitié ouverte et me trouvais face à face avec un monstre. Devant moi, ce n'était pas mon père, mais bien un homme rongé par l'alcool et les drogues, je ne le reconnaissais plus, mon souffle à nouveau se coupait et les larmes commençaient à me monter aux yeux. Je vis ma mère, souffrante, couchée sur le canapé comme s'il venait de la violer. Je n'en revenais pas. Son corps était égratigné par des coupures qui paraissaient être faites par du verre, son débardeur était déchiré et laissait entrevoir une partie de sa poitrine, mais le pire était son visage, qui ne montrait rien, ni peine ni aide, ni tristesse ni peur, rien. Le néant absolu. Je n'osais pas regarder mon père, cet homme qui nous avait tant chéri ma mère et moi n'existait plus. Il était devenu complètement fou, presque dangereux. Ma mère, Hélène, qui jusque là, avait toujours eu le courage de se relever, et même de l'encourager, se trouvait sur le canapé sans force ni espoir de retrouver sa vie passée. Alors que je m'apprêtais à me jeter sur elle, je sentis mon bras tiré vers son corps, ses horribles mains sèches me retenaient et mon père me serra si fort le poignet qu'un cri de douleur s'échappa de ma bouche.

- Papa, j'ai l'argent. Lâche-moi et je te le donnerai. Je t'en supplie, le priais-je, c'était la dernière chose que je pouvais faire. Il ne me répondit pas et au contraire prit une respiration après avoir hoqueté avant de me griffer la cuisse tel un animal. Je ne pouvais plus garder mon calme, cette situation m'étouffait, être chez moi était devenu un calvaire quotidien et mes pleurs retentissaient dans toute la pièce. C'est alors que j'entendis la porte du palier d'en face s'ouvrir et vit notre voisin courir vers nous pour nous détacher. Quelques secondes plus tard, je repris conscience et vis mon père sur le sol, presque en train de dormir, comme si tout cela ne s'était pas passé. Sans même réfléchir une seconde, je courus voir ma mère.

- Maman, c'est moi, Artémis. Maman, s'il te plaît, la suppliais-je de me répondre en essayant de relever son dos afin de le placer contre un coussin. L'homme qui nous avait sauvé, vint à mon secours et ensemble nous réussîmes à la redresser.

- Je vais aller chercher du désinfectant. Attendez-moi là, dit le voisin.

Cette fin de matinée avait été l'une des plus affreuses et avait marqué ma prise de conscience concernant l'état de mon père. Sa santé s'empirait de jour en jour, mais jamais il n'aurait osé, avant, touché consciemment ni sa femme ni sa fille. Le voisin nous avait parlé d'une cure de désintoxication sans conviction et je l'avais remercié en lui promettant que cela n'arriverait plus. Quelle naïveté. L'après-midi, après avoir nourri ma mère, sous un lourd silence dû au fait qu'aucune de nous ne voulait aborder ce qui venait de se passer, je prenais une douche glacée et au lieu d'aller travailler comme prévu, j'allais dormir pendant des heures. Mon père, lui, était reparti vers la place principale de Patras, comme si de rien n'était. Il ne s'était pas excusé, je ne sais même pas s'il était conscient du cauchemar qu'il avait provoqué ce matin-là.

Il était vingt heures, je venais de me réveiller d'une longue sieste, qui ressemblait à une nuit, et me rappelais de l'invitation de Stelios ce matin. Je n'avais aucune envie ni force d'aller voir des gens ce soir-là mais rester à la maison m'effrayait tout autant. Alors, je pris un livre de Stendhal et un short de bain, enfilai un tee-shirt que Suzanne m'avait offert il y a des années et partis au rocher qui me rappelait tant Killini et mon bonheur révolu.

Le sable collé à la peau, le soleil brûlant mon visage, je me réveillais d'une longue nuit de sommeil sur le rocher. Je n'arrêtais pas de dormir tant ma fatigue m'exaltait. Comment avais-je pu tomber dans une si grande débauche ? Mon corps était lourd et mes paupières peinaient à s'ouvrir tant les rayons du soleil les éblouissaient. Le bruit des mouettes adoucissait l'atmosphère pesante de ma nuit. Mon livre était au bord du rocher, prêt à tomber dans l'écume et mon pull recouvrait finement mes jambes, couvertes de poils hérissés par la fraîcheur d'une nuit d'été. Je me forçais à me relever et enlaçais mes genoux pour les coller contre ma poitrine afin de ne former qu'un. Mon bras s'étirait et j'attrapais le dernier biscuit qu'il restait dans mon sac en toile. J'ouvris le paquet, repris mon livre humide et dégustai le biscuit au beurre salé. Je n'avais pas même remarqué mon assoupissement la nuit dernière. Je repensais à mes amis qui à cette heure-ci devaient être sur le chemin du retour pour commencer, eux, leur nuit de sommeil. Quand, soudain, j'entendis un gravier rouler derrière moi. Je me retournai et eus l'étrange surprise de le trouver devant moi. Je pris peur quand je vis son état, encore bien amoché de la soirée passée sans doute. Stelios, qui me regardait d'un air hébété, comme s'il n'était pas conscient de son état calamiteux. Et alors, comme si je voyais mon père, mon souffle se rompit brièvement et ma tête commença à me faire mal.

- Je suis désolée de t'effrayer comme ça ! S'esclaffa-t-il, mais quand je relevai la tête pour feindre un faible sourire, il comprit que je ne rigolais pas et les larmes me montèrent aux yeux. Lui aussi prit peur, comme s'il n'avait jamais vu quelqu'un pleurer auparavant. Je.. Je pardon, je t'ai interrompu? Je vais partir, pardon, sincèrement. Seulement, hier soir, tu n'es pas venue et en rentrant tout à l'heure, j'ai eu envie de passer ici et puis j'ai aperçu une silhouette au loin et j'ai compris que c'était toi, alors je suis venu. Mais je vais partir, je vois que…

- Non, tu ne me déranges pas, excuse-moi, l'arrêtais-je. C'est juste que ton état m'a surprise, mentis-je, enfin, je vais partir de toute façon.

- Tu as dormi ici ? Demanda-t-il d'un air inquiet. J'étais honteuse, je le connaissais à peine, il devait déjà penser que j'étais une pauvre fille, et en réalité, il aurait raison.

- Oui, répondis-je sèchement tant l'humiliation était grande.

Il ne s'approcha pas de moi et son respect fit redescendre les battements de mon cœur. Il rajouta :

- J'entends ton cœur battre et je ne comprends pas pourquoi. J'aurais aimé entendre ce que l'on t'a dit sur moi Artémis. Veux-tu que je te raccompagne chez toi ? Me proposa-t-il. Alors je fis un dernier effort pour ne pas paraître effrayée.

- Non. Merci, dis-je en attrapant mon pull pour l'enfiler.

Il insistait de nouveau, alors n'ayant pas la force d'argumenter, j'acceptais. Il ramassait mon sac et ne me proposait pas de le reprendre. Je ne sais comment décrire à quel point sa présence me bouleversait, mais en même temps m'apaisait, si Suzanne était là, elle aurait dit qu'il était une nouvelle météorite se dirigeant droit vers la lune. Quand nous rentrâmes, il était à peine sept heures et la ville commençait tout juste à se réveiller. Les pécheurs s'élançaient vers le port et les premiers touristes, les plus courageux, visitaient les ruines romaines avant que le soleil ne les empêche de les admirer. Malgré son état alcoolisé, Stelios faisait tout son possible pour ne pas le montrer et essayait de me faire rire en me racontant des anecdotes farfelues. Nous rigolions et les passants paraissaient heureux en nous voyant, comme s'ils se rappelaient les bons souvenirs de leur enfance. Il était un jeune charmant, honnête et sincère, il me disait qu'il jouait du piano et aidait son oncle à tenir une boutique de musique. Il avait arrêté l'école dès qu'il avait pu vivre de ce qu'il faisait. Je me rappelle de ce matin-là comme s'il s'était passé hier, je commençais peu à peu à découvrir ce que c'était que d'écouter quelqu'un pendant des heures, sans jamais se lasser ni de sa voix ni de sa personne. Lui et moi étions si différents, il était la terre et j'étais l'eau, il était la folie et j'étais la raison. Nous avions tous les deux besoin l'un de l'autre pour survivre.

Nous étions presque arrivés devant chez moi quand nous entendîmes les voix de Lasonas, Giovanni et Vivian. Tous étions surpris de se croiser, comme si nous vivions à des kilomètres les uns des autres, mais Giovanni lui, l'était d'autant plus.

- J'y crois pas, putain, Artémis ! Tu as manqué la soirée hier, Stelios nous avait dit que tu viendrais sans doute, bon c'est pas grave. Il parlait aléatoirement sans réfléchir, ses phrases manquaient de sens et cela nous faisait tous rire.

- Illyna n'est pas là ? Demandais-je pour éviter de répondre à ce qu'il venait de dire. Sincèrement, j'adorais Giovanni, mais je n'avais point envie de justifier mon absence hier soir.

- Non, elle est partie rejoindre son père au golf ce matin. Pourquoi ? Me demanda Vivian d'un ton presque méprisant qui me refroidit. Je vis Lasonas lui donner un léger coup, mais ignorai celui-ci.

- Je ne sais pas. C'était une simple question, merci, lui souriais-je poliment.
- Tu étais où à une heure pareille ? Je me suis inquiétée, monte s'il te plaît, me dit ma mère à la fenêtre. Elle était en pyjama et je me sentais fondre sur la place, comment pouvait-elle me parler de la sorte devant mes amis, elle savait qu'ils n'étaient pas comme nous, je lui en avais parlé. Stelios, qui avait vu la panique dans mon regard, répondit alors à ma place.
- Bonjour madame, excusez-nous, j'ai amené ce matin votre fille à la librairie nationale, ouverte la nuit exceptionnellement, pour prendre de l'avance sur les cours de l'année prochaine et nous avons croisé des amis sur le chemin du retour, rien de plus.
Il avait une facilité à mentir qui m'avait surprise. Mais ce qui m'avait le plus étonnée était la rapidité avec laquelle il avait cerné ma mère : en un instant, en une phrase, il avait compris l'importance qu'avaient pour elle mes études. Enfin, je ne pris pas le temps de le remercier de vive voix, je le regardai une fraction de seconde, lui souriant du coin des lèvres, ses yeux dans les miens et Vivian interrompit ce moment. Alors, je les saluai et ouvris le portail. Quand je montais les escaliers, j'entendais sourdement Giovanni questionner Stelios sur ce qui c'était réellement passé, il lui répondit, je crois, qu'il m'avait trouvée en train de lire sur la jetée, ce qui en réalité n'était qu'un demi-mensonge.

Quand je rentrais dans la maison, ma mère s'occupait des fleurs sur le balcon, je ne voulais pas lui parler de la honte qu'elle m'avait faite après ce qu'elle avait vécu la veille, alors je m'approchais seulement vers elle et instinctivement la serrais dans mes bras. Je ne me souviens pas combien de temps nous étions restées dans les bras l'une de l'autre, mais je sais que les nuages avaient eu le temps d'apparaître au point d'y laisser une légère averse. Enfin, après de longues minutes, j'allais dans ma chambre écrire une lettre à Monsieur Salpêtra.

Cher Professeur,

J'espère que vous vous portez à merveille à Killini. Si vous saviez à quel point tout me manque ici, la musique, les bars et même les affreux pécheurs italiens dont on se moquait si souvent ! Je vais bien. Je découvre chaque jour la ville un peu plus et malgré les vacances qui continuent, j'apprends les principes de la macro-économie et écris des articles comme vous me l'avez enseigné. Demain, j'ai prévu d'aller à une antenne de l'ambassade afin d'obtenir un stage. N'est-ce pas génial ? Enfin, malgré cette ville qui m'entoure, celle qu'on critiquait tant, je reste fidèle à moi-même et n'oublie pas d'où je viens. Embrassez votre femme de ma part. Avec mon plus grand respect, vous me manquez terriblement.

Écrivez-moi vite, je vous en supplie, faites-moi voyager vers chez nous.
Affectueusement,
Votre élève, Artémis Kosta

Chapitre 6

Trois août 1985, l'été passait à une allure folle. Cela faisait maintenant dix jours exactement que j'avais commencé mon stage à l'ambassade de Grèce grâce à ma ténacité mais surtout grâce à Nikolas, le copain d'Illyna, qui avait demandé à son père, travaillant dans la diplomatie franco-grecque, de me laisser une chance. J'avais déjà rencontré tout un tas de gens importants : des secrétaires, des comptables, des chargés d'affaires internationales et je m'étais arrangée pour donner une excellente image de moi. Le stage était bientôt fini et j'avais beaucoup appris, j'avais découvert des ordinateurs modernes, j'avais passé des coups de fils à des particuliers, toujours sous surveillance bien sûr, et j'avais même échangé mon nouveau mail avec la conseillère économique de l'ambassadeur : Madame Oikonomou.

Je n'avais vu aucun de mes proches ces deux dernières semaines. Lorsque je partais le matin, ma mère était déjà en train de faire les ménages chez les riches de la ville et mon père dormait, et quand je rentrais, il était tard, je mangeais seule sur la table, sans écouter de musique au risque de réveiller mon père, puis partais dormir pour recommencer le lendemain. Ce train de vie me plaisait et je n'espérais qu'une chose : de pouvoir vivre comme cela plus tard.

Je finissais mon dernier jour très tôt, il y avait un repas important à l'ambassade donc tous les salariés et stagiaires comme moi étions libérés avant seize heures pour les préparatifs. J'en profitais alors pour aller rejoindre mes amis sur la plage où ils restaient tous les jours à bronzer.

J'avais croisé Illyna la veille et elle avait insisté pour que je vienne, elle m'avait dit qu'ils seraient tous là pour fêter l'anniversaire de Vivian. Avant d'arriver sur la plage, je m'arrêtais alors dans un petit commerce qui avait attiré mon regard dès mon arrivée à Patras. Je prenais un peu de sous que le trésorier m'avait donnés pour mes services pendant ces dix jours de travail et achetais pour Vivian un collier en or, puisque j'avais remarqué qu'elle ne portait quasiment que ce métal.

- Cela vous fera 17 drachmes mademoiselle s'il vous plaît, m'informa la dame à la caisse avec une douce amabilité. Je n'avais que 20 drachmes alors je lui donnais et lui dis de garder la monnaie pour elle. La plage était juste en face de la boutique, alors aussitôt acheté, je fis un pas vers la porte de sortie en remerciant la commerçante puis partis rejoindre les autres.

Ils étaient là en train de rire, enfin presque tous, Giovanni et Stelios parlaient d'un sujet qui avait l'air sérieux, loin d'être dramatique, mais tout à fait sérieux. Je marchais difficilement dans le sable brûlant, mes pieds s'enfonçaient, Nikolas se moquait de moi au loin.

- Alors, comment c'était ce stage ? J'espère que tu t'es amusée, me demanda-t-il enthousiaste.

- J'espère surtout que ça ne l'a pas dégoûté du monde que c'est cette merde, le coupa Stelios. C'était tout lui, il n'aimait pas le monde politique et ne le cachait pas, c'était selon lui un monde d'hypocrites qui parlaient de paix, mais qui ne créait en réalité que des inégalités. L'État prenait l'argent des riches pour le leur rendre. Enfin, j'ignorais sa remarque et hochais la tête comme pour répondre oui à Nikolas, qui d'ailleurs, était déjà passé à autre chose dans les bras d'Illyna. Alors que tout le monde reprenait peu à peu leurs discussions et écoutait du slam proposé par Lasanos, je me dirigeais vers Vivian pour lui offrir mon cadeau. Je n'aimais pas le faire devant les autres, je trouvais cela prétentieux. Je lui tendis le cadeau et elle me sourit en retour, je savais que son sourire n'était pas des plus sincères, mais je préférais cette réaction plutôt qu'une autre. Illyna m'avait dit, sans trop de détails, qu'elle devait être jalouse, mais je ne comprenais pas pourquoi, elle avait tout pour elle, elle était riche, belle, était bonne à l'école et avait une grande famille. Mais ces valeurs que j'attribuais au bonheur n'était qu'en réalité une facette dont je reconnais aujourd'hui le ridicule. Elle m'avait rassurée en me disant que la jalousie ne se contrôlait point. Je vis Giovanni donner un petit coup dans l'épaule de Stelios comme pour le faire revenir à la réalité. Il me fixait et me regardait lui donner son cadeau sans doute.

Après nous être baignés pendant presque une heure, une brise commençait à se lever et le soleil, lui, entamait sa descente vers l'ouest. Les touristes étaient pour la plupart déjà partis vers les restaurants et la plage était entièrement à nous. Lasonas sortit un jeu de cartes et nous commençâmes à jouer au tarot jusqu'à ce que le soleil se couche. Je commençais à avoir froid et comme je n'avais pas eu le temps le matin de prendre un pull, le froid commençait à se faire sentir sur ma peau. Je ne grelottais pas encore des dents, que tous décidaient d'aller chercher des bières à la supérette d'à côté. Je leur dis que je préférais rester ici, que la chaleur m'avait fatiguée et Illyna suivi de Vivian décidèrent elles aussi de rester avec moi. Et alors que les autres étaient déjà bien avancés vers la jetée, Stelios sortit discrètement de son sac un pull, comme s'il avait honte de prendre soin d'une amie, et partit en courant les rejoindre. Illyna, qui n'était point bête, évidemment l'avait remarqué. Les traits du visage de Vivian s'étaient resserrés, comme marqué par la colère et j'osais à peine le prendre. J'enfilais tout de même le pull, qui portait son odeur, je ne pouvais pas cacher que cela plaisait à mon amie qui en se moquant prit la parole.

- Mais c'est qu'il est vachement attentionné avec toi je trouve. D'abord la bibliothèque, et oui je sais tout, ensuite ça...Tu sais, je l'ai rarement vu comme cela avec une femme ! S'exclama-t-elle me faisant rougir et provoquant un raclement de gorge de Vivian.

- Tu dis n'importe quoi, riais-je – elle était si drôle – il a dû faire cela pour sa conscience, pour se faire pardonner de ce qu'il a dit tout à l'heure quand je suis arrivée.

- Stelios n'a pas de bonne ou mauvaise conscience, il n'est pas comme cela. Il agit comme cela lui chante au moment présent. Il prône la liberté et selon lui la conscience est tout sauf une aide pour l'atteindre. Enfin, tu sais ce que l'on dit « l'exaspération est un déni de l'espoir ».[1] Tu y repenseras, dit-elle en me faisant un clin d'œil.

Quelques minutes après notre discussion à laquelle nous avions essayé d'intégrer Vivian sans succès, les garçons revenaient, de l'alcool à la main. Je m'étais entraînée pour ne rien laisser paraître sur mon visage lorsque des gens autour de moi buvaient, je me forçais à penser que tous n'étaient pas comme lui, que presque tous savaient ce qu'ils faisaient en buvant, que jamais ils ne me feraient du mal.

- Artémis, tu bois ? Me questionna avec énergie Giovanni.

---

1 « Indignez-vous » Stéphane Hessel (2010)

- C'est gentil, mais je passe pour ce soir, il doit bien avoir une responsable parmi nous ! Rigolais-je pour rendre mon mensonge plus acceptable. En réalité, je n'avais bu qu'une fois avec Suzanne à nos treize ans en secret et depuis, je n'avais jamais eu de véritables occasions. Depuis notre arrivée et compte tenu de l'état de mon père, j'étais devenue effrayée à l'idée de boire et finir comme lui, alors je préférais ne pas essayer.

- Oui, enfin c'est toujours toi la responsable, tu devrais t'amuser un peu, rajoutait Vivian en souriant, je savais qu'elle se moquait et à chacune de ses phrases, ma patience diminuait et elle descendait dans mon estime. Mais, je fis un ultime effort pour la soirée et lui répondis que je n'aimais pas le goût de cette bière, mais qu'elle pouvait m'en offrir des meilleures si elle le souhaitait. Les autres explosèrent de rire face à ma réponse et Stelios me regardait comme s'il était fier pour ne pas avoir lâchement abandonnée et lui avoir donnée raison. Cependant, je voyais dans son regard, alors que je dansais avec mon amie, qu'il se posait une infinité de questions, qu'encore aujourd'hui, je rêve de décrypter, comme s'il paraissait inquiet du fait que je refuse constamment leurs boissons. Hormis Illyna, je n'avais parlé de mon père à personne et elle m'avait fait la promesse de ne rien dire même si elle me répétait souvent que parler aux adultes, même si ce n'est pas la police, serait la meilleure solution.

Giovanni avait allumé un feu avec du bois et les deux amoureux étaient partis se coucher dans les tentes qu'on avait plantées sur le sable. Vivian, elle, ne voulait point camper et nous avait donc quitté vers minuit pour rejoindre son père. Lasanos, lui, était parti draguer un joli groupe de touristes hollandaises, toutes aussi blanches et blondes les unes que les autres. Giovanni et Stelios, eux, le regardaient faire en riant et faisant des paris. Moi, je m'apprêtais à reprendre un livre quand Giovanni vint s'asseoir près de moi puisque son cher ami était parti rejoindre les belles blondes.

- Bonsoir beauté, puis-je vous offrir un verre ? Se moqua-t-il en se frottant les mains pour enlever le sable qui s'était collé sur elles.

- Bonsoir, ce serait avec plaisir, rentrais-je dans son jeu. Il me servit donc un verre d'eau et je soufflais, je me moquais de moi-même, je pensais être tellement ridicule, alors il rigola aussi et nous partîmes en fou rire. Pour moi, sans doute, Giovanni avait posé sa cannette de bière et avait pris une bouteille d'eau, son acte m'avait touchée. Après de longues minutes à rire, il se retournait vers moi, afin d'avoir ses yeux face aux miens et d'un air sérieux, il me demandait :

- Artémis, pourquoi tu ne veux pas boire d'alcool ? Il s'empressait de rajouter pour se justifier qu'il respectait entièrement mon choix, seulement qu'il voulait le comprendre. Giovanni devait être l'une des personnes à qui je donnerai ma confiance bien plus facilement qu'à d'autres parce qu'il était loyal, alors au lieu d'encore mentir, je décidais de lui dire ce que je ressentais, après tout, cela ne pouvait que me libérer d'un grand fardeau.

- C'est plus compliqué que ce que je vais dire, mais je n'arrive pas à l'expliquer autrement, ce que je ressens moi-même est un flou absolu, mais j'ai peur. Mon père, avant de venir s'installer ici, était un homme respectable presque sage, vois-tu, il travaillait au port de Killini et nous dînions lui, ma mère et moi, tous les soirs sur la terrasse, qu'importe le temps qu'il faisait : canicule, pluie, orage, vent, nous étions tous très heureux. Mais, après l'arrivée des Chypriotes chez nous, c'est comme si l'incendie avait emporté et brûlé son âme avec son dépôt – je pris une grande respiration, je ne pensais pas que cela serait si difficile d'en parler de vive voix, je réalisais réellement la gravité des faits que j'avais niée jusque là.

- Mon père, Giovanni, est un putain d'alcoolique – je n'avais pas l'habitude d'être vulgaire et cela le surprit, il me regardait avec des yeux de pitié et je détestais cela – ne me regarde pas comme cela, s'il te plaît. Mais si ce n'était que ça, depuis qu'il est ici, il ne travaille presque plus, ma mère se bat chaque jour pour nous nourrir et mon père la remercie en la frappant, en nous frappant – je commençais à pleurer et il entourait son bras sur mon épaule pour me rapprocher de lui – il y a deux semaines, commençais-je ma phrase difficilement, il y a deux semaines, quand je suis rentrée, j'ai vu ma mère à moitié morte sur le canapé de notre salon, mon père venait de la violer et quand j'ai voulu l'aider, il m'a attrapée et frappée.

- Tu n'es pas obligé de continuer à en parler si tu ne veux pas, m'interrompit Giovanni voyant mes larmes couler sur son torse.

- Non, je…à vrai dire il n'y pas grand-chose d'autres à dire, lui répondis-je, il n'a pas le droit de faire cela et je ne m'en suis rendue compte une fois qu'il était trop tard pour l'aider et le sauver du gouffre dans lequel il était tombé.

- C'est donc pour ça, tu aurais dû nous le dire, me le dire, avant, nous aurions fait plus attention, je suis désolé. Artémis, tu ne deviendras pas comme lui, je te le promets, c'est différent. Il finit sa phrase en me câlinant, Giovanni était vraiment un garçon en or, sa finesse était inestimable.

Il était un véritable ami, un de ces amis qu'il est rare de trouver et difficile à garder.

- Merci, finissais-je la discussion en lui rendant un sourire sincère.

Pendant que Giovanni commençait à se confier sur un homme qu'il avait rencontré, qui l'avait fait selon lui rencontrer le grand amour et que nous rigolions à cœur joie sur ses anecdotes toujours aussi farfelues, les deux garçons revinrent vers nous, Lasonas, accompagné d'une fille, couverte par une mini-jupe en jean, et Stelios, lui, avec deux filles à ses côtés. Giovanni se leva d'un coup et fit un clin d'œil à ses amis. Je me levais, en séchant discrètement le peu de larmes qui avait asséché ma peau, puis j'allais saluer les filles. Je ne connaissais que très peu de phrases en anglais, seulement banales à cette époque, alors je les saluais seulement et leur dis que j'allais rentrer chez moi me reposer, il devait être une heure du matin. Lasonas me proposa de me ramener en scooter, car les rues de Patras craignaient souvent la nuit et sans hésiter, j'acceptai en le remerciant. Ma maison n'était pas loin, en roulant assez vite, dans dix minutes, il serait déjà revenu à la plage voir ses Hollandaises. Il embrassait celle qu'il tenait à la taille en lui susurrant quelque chose à l'oreille, je fronçais les sourcils en signe de dégoût et quand je rouvris entièrement mes yeux, je vis Stelios en train de lever la main et souffler. Nous rîmes tous un bon coup et partîmes vers la jetée en saluant les autres. Giovanni me fit un dernier hochement de tête comme pour dire « ça reste ici, ne t'inquiète pas » et cela me soulageai d'un seul coup. Le lendemain, je m'étais levée assez tard, fatiguée par l'escapade de la veille. Je m'étais fait un jus d'oranges que j'avais moi-même ramassées la semaine précédente et préparais mes affaires pour aller voir Angelo.

Il devait être treize heures quand j'arrivais devant la porte des Valhos et encore une fois, sa mère m'ouvrit la porte, souriante, suivie par le jeune garçon qui courait un livre à la main. Mon cœur se réchauffa le voyant avec ce livre, cela faisait presque un mois déjà que je venais le voir trois fois par semaine et il commençait déjà à lire normalement. J'étais si fière de lui.

- Artémis ! Cria-t-il. Regarde, mon frère m'a rapporté ce livre de la bibliothèque, il s'appelle Les Misérables, tu connais ? Il m'a dit que c'était un parfait mélange entre les gouverneurs du monde d'aujourd'hui et la société dans laquelle on vit : des riches qui prennent des décisions pour les pauvres ! Dit-il tout fièrement comme s'il avait découvert la pierre de Rosette. Je ne pus m'empêcher de rire un instant avant de lui répondre.

- Tu sais ce livre est avant tout une très belle histoire, mais peut-être un peu compliquée à comprendre pour ton âge...Dis-moi, quel âge à ton frère ? L'interrogeais-je curieusement.

- Dix-neuf ans . Il m'a dit que Jean Valjean était son héros préféré de toute la littérature française ! Me dit-il avec encore plus d'enthousiasme, il avait l'air de beaucoup aimer son frère. D'ailleurs, il n'aime pas le fait que je prenne des cours avec toi, il dit que c'est bête et que cela ne sert à rien, il a dit que tu étais sans doute une bourgeoise à qui ses parents ne donnaient pas assez d'argent de poche.

- Et il a tout à fait raison ! Lui dis-je ironiquement – je ne lui montrais pas que sa remarque m'avait blessée, après tout ce n'était qu'un enfant, il n'aurait pas compris – Et il doit beaucoup apprécier Le Renard[1] aussi, murmurais-je en riant.

Sa mère, qui ne comprenait sans doute pas grand-chose à notre conversation, mit son foulard pour couvrir ses cheveux et partit aux grandes halles de la ville faire ses courses.

Nous commençâmes le cours seulement dix minutes après son départ. J'écoutais Angelo parler de ce qu'il avait compris du roman, il m'impressionnait chaque jour un peu plus, à son âge, jamais je n'aurai été capable de comprendre tout ce que lui avait compris. Cependant, je trouvais cela étrange que son frère lui suggère un tel livre, âgé de huit ans, il devrait savoir que ce n'est pas un livre pour enfant même s'il est un de ses préférés. Enfin, au moins, il lisait.

Avant de partir, je lui offris un vieux livre que j'avais lu à son âge, qui parlait de philosophie, mais simplifié pour les enfants, j'avais appris à le connaître et j'avais compris qu'Angelo détestait être traité comme un enfant alors j'essayais de le traiter comme un adulte. J'avais d'ailleurs cru entendre que c'était un signe d'intelligence, et dans son cas, je n'en doutais pas une seconde. Et alors que je m'apprêtais à partir, nous entendîmes la poignée de la porte d'entrée s'ouvrir.

- Tiens ! Cela doit être mon frère, rétorquait-t-il en se levant de sa chaise.

- Salut bonhomme, comment vas-tu ? J'entendis derrière la porte, son frère le prendre dans ses bras. C'était étrange, avec son attitude si charmante, je ne comprenais pas comment il pouvait paraître si arrogant dans les paroles retranscrites par Angelo. Mais, quand je vis ses cheveux

---

1   Oliver Twist, Charles Dickens (1837)

dépassés en entrant dans le salon, je compris. Je me trouvais nez à nez face à Stelios. Une telle coïncidence venait de faire battre mon cœur aussi fort que des coups de gong, je n'en revenais pas, sur une ville de plus de cent mille habitants, j'avais réussi à tomber sur sa famille. Je repensais tout à coup à la phrase que m'avait dit Angelo tout à l'heure et une colère s'immisçait en moi. Stelios était un jeune homme différent qui n'aimait pas réellement le monde dans lequel nous grandissions, il me l'avait dit et je l'avais moi-même simplement compris quand il me racontait ses journées à Athènes. Mais, jamais je n'aurai pensé qu'il dirait quelque chose sur quelqu'un qu'il ne connaissait pas, je ne pensais pas qu'il aurait été ce genre d'homme à juger ainsi.

- Oh, bonjour Artémis, comment vas-tu ? Me demandait-il comme si de rien n'était.

- Bien, merci et toi ? Je décidais de rester polie devant son frère sachant qu'en plus, il ne savait pas qu'il m'avait rapporté ses pensées.

- Fabuleusement bien. Je ne savais pas que c'était toi qui donnais les cours. Merci, me dit-il, non mais quel culot, pensais-je.

- J'essaie d'aider oui. Enfin, je vais y aller – je me tournais vers Angelo – pense bien à commencer le livre avant lundi si tu as envie, ne te force pas surtout, à la semaine prochaine ! Je sentis la main de Stelios retenir mon coude alors je me retournais un instant, j'étais mal à l'aise et je n'avais envie que d'une chose, c'était de partir.

- Attends, tu as oublié ta paie, tiens, m'informa-t-il en me tendant un billet de 10 drachmes.

- C'est gentil, mais mes parents m'ont donné assez d'argent de poche cette semaine, lâchais-je en le regardant droit dans les yeux. Il ne me répondit pas, je ne connus jamais la tête qu'il fit après ma remarque, mais j'étais partie me cacher près du portail de la maison d'à côté pour entendre leur conversation.

- Putain, – je ne l'avais encore jamais entendu être vulgaire, surtout pas avec un enfant – mais ce genre de choses ne se répètent pas bon sang ! Qui t'a éduqué merde.

- Mais, c'est toi qui me l'avais dit Stelios, essayait de se justifier son frère.

- Maman et moi avons vraiment tout raté. Sa dernière phrase fut si brutale pour moi qu'un hoquet sortit de ma gorge. Je repris mon chemin du retour en repensant au cœur ingénu d'un enfant qu'il venait de briser en prononçant ces mots.

Trois jours après cet incident, ma mère vint dans ma chambre, alors que je finissais le dernier examen de l'école privée de commerce d'Athènes, me donner une lettre qui m'était destinée. Je ne reconnaissais pas l'écriture alors je l'ouvris, curieuse de voir qui pouvait m'écrire.

Artémis,

Je t'écris car je ne suis pas bon pour parler. Je t'écris pour m'excuser. Je ne savais pas qui donnait les cours à mon frère et cela m'inquiétait beaucoup, j'avais l'impression qu'on se jouait de nous. Nous n'avons pas beaucoup d'argent, j'imagine que tu l'as vu dès tes premiers pas dans notre appartement, mais nous avons un orgueil très fort, surtout moi. Alors, quand j'ai appris que mon frère prenait des cours pour apprendre à lire, j'étais complètement révolté et me suis senti ridiculisé.

Tu es intelligente, tu as dû voir par toi-même qu'il n'avait pas besoin de cours pour apprendre à lire. Ce dont il a besoin, c'est l'amour d'un père. Un père absent. Angelo est un enfant brillant, je le pense sincèrement, mais il n'osera jamais contredire quelqu'un ou même grandir dans ce monde, je ne lui souhaite d'ailleurs pas. Si tu crois que ma mère est capable de l'aider, tu te trompes, c'est horrible à dire, mais elle est malade et affreusement souffrante bien que cela ne se voit pas et le peu d'années qui lui reste à vivre, la pousse à faire un tas de conneries comme t'embaucher pour donner des cours à un gamin de huit ans. Tu ne m'en voudras pas pour ma vulgarité, je ne te connais pas, mais je t'apprécie Artémis, je sais que tu es une fille bien et découvrir que tu étais celle qui aidait mon frère m'a presque soulagé, j'étais heureux de te voir à la porte.

J'espère que tu comprendras ce que j'essaie de te dire, tout ça est très compliqué, mais je ne doute pas une seule seconde de ton honnêteté. Après ton départ, dimanche, Angelo m'a parlé de toi longtemps, il pleurait et m'en voulait d'avoir dit ça, il m'a dit que tu étais superbe et je le crois. Tu ne lui as pas seulement donné goût à la lecture, mais goût à la vie m'a-t-il dit. Alors je te remercie.

Nous nous reverrons au plus vite avant la rentrée. Encore pardon pour t'avoir blessée, je ne suis qu'un imbécile.

Respectueusement,

Stelios Vahlos.

Je pliais la lettre et la rangeais dans une boite où j'y mettais toutes les autres. J'avais du mal à l'avouer, mais sa lettre m'avait touchée, c'est vrai. J'avais rarement connu une personne aussi sincère et directe avant Stelios. Enfin, j'allais me préparer pour rejoindre une dernière fois mes amis pour le dernier week-end avant la rentrée.

Arrivée au rocher, je les vis tous déjà en train de sauter dans l'eau en riant. Cette atmosphère était bien plus que chaleureuse, elle était mienne, les voir ainsi me rendait heureuse et me faisait oublier ma réalité. Nous nous saluâmes tous par un coup de main habituel que Lasonas avait inventé puis en les regardant sauter, j'installais une serviette sous mes jambes, m'asseyais et ouvrais mon livre. Ils avaient l'habitude de ne pas me voir sauter avec eux, j'en avais peur, mais cette fois Stelios vint me voir. Ses cheveux mouillés venaient chatouiller mes joues, des gouttes d'eau salées arrivaient sur mes lèvres. Il rigolait naturellement, c'était rare de le voir ainsi, son sourire était si beau. Il devait être comme cela avec moi pour se faire pardonner.

- Bon sang Artémis ! Allez, détends-toi, viens sauter avec nous, si tu fermes les yeux, tu verras que ce n'est pas haut. M'encourageait-il ironiquement. Tu sais, nous plongeons ici depuis nos douze ans, fais nous confiance, tu ne risques pas de toucher le rocher, cela fait des années, je te le promets, insistait-il en me regardant profondément dans les yeux.

- C'est gentil, mais non merci, lui répondis-je en lui rendant l'eau qu'il m'avait laissée tomber dessus.

- Très drôle, tu sais, toi qui aimes tant le soleil, tu devrais savoir que les deux sont inséparables, l'eau a besoin de soleil pour s'évaporer. Sans évaporation pas de vie, et toi, tu manques profondément de vie, alors pitié, viens avec moi, finissait-il sa métaphore, qui d'ailleurs manquait fortement de sens, en me tendant la main. J'hésitais quelques secondes, mais son regard était si perçant que je ne résistai pas plus, je lui prêtai ma main et celui-ci sourit, encore.

- Par contre, tu me pousses, je te tue, le provoquais-je en riant.

- Alors je te pousserai, me répondit-il sans hésiter.

Avec du recul, sa phrase me fend le cœur, je ne me rendais pas compte à quel point il était malheureux et souhaitait mourir au plus profond de lui-même. D'une certaine manière, il essayait de me faire vivre, car lui ne le pouvait pas.

Je m'approchais du bord et voyais les vagues taper contre celui-ci, j'étais effrayée, mais décidée de ne pas le montrer, à près tout, ce n'était qu'un saut. Et cela est vrai, être avec lui me faisait me sentir vivante, un sentiment étrange qui m'avait été inconnu jusqu'alors. Alors que je me préparais à sauter, mon amie s'approchait de moi et me susurrait à l'oreille.

- Nous n'avons jamais vu Stelios ainsi. Le voir sourire devient de moins en moins rare avec toi.

Je n'eus pas le temps de voir son visage et sautai. Mon corps, n'étant pas habitué à une telle adrénaline, tremblait brusquement, un mélange de peur et de bonheur : j'étais peut-être la coupable du malheur de mon père, mais j'étais aussi responsable d'une partie du bonheur du garçon que j'aimais. Mes poumons ne supportant plus la pression, je poussais sur mes jambes pour remonter à la surface. Là-haut, ils m'applaudissaient tous en criant. Nous étions si heureux.

- Bravo Artémis, c'était pas trop tôt ! M'encouragea faussement Vivian. Sa jalousie ne cessait de s'empirer chaque jour, plus il venait me parler, plus elle me haïssait.

Alors que le soleil était couché depuis maintenant une vingtaine de minutes et après avoir sauté mains dans les mains plusieurs fois, j'avais décidé de rester nager un peu dans la mer bleutée. J'observais les minuscules particules des rayons solaires qui restaient sur le rebord de l'eau, des fines lignes oranges ressortaient à la surface. Je buvais l'eau et la recrachais délicatement. Apaisée. Loin de lui. Loin de tout. J'étais bien, le silence régnait. J'entendais partiellement les discussions de Nikolas et Illyna : « un amour naissant » «étrange » « dangereux » «ne prendra pas soin d'elle » «le pire approche et tu le sais »…. Je ne comprenais pas à quoi, à qui, ils faisaient référence mais ma mère me disait que la curiosité n'apportait que du mauvais alors j'arrêtais de les épier et replongeais ma tête sous l'eau quand soudain, j'entendis des fortes éclaboussures autour de moi. C'était lui.

- Tu sais, Vivian, tu peux lui mettre un coup si tu en as marre, me chuchota-t-il en boyautant. Quelle ironie de me demander d'être violente ! Il faisait référence à toutes ces remarques déplacées et j'en profitais alors pour lui demander s'il connaissait les causes de son comportement.

- Très drôle, lui souriais-je en retour. Sais-tu pourquoi elle agit comme cela avec moi ? Je ne comprends pas, je ne lui ai rien fait et si oui, elle n'a qu'à me le dire.

- J'ai mes idées oui, me dit-il sans en dire plus avec des lèvres malicieuses. Son air ésotérique me donnait envie d'en savoir plus. Enfin, tu sais, nous vivons dans un monde où l'hypocrisie permet de ne pas affronter les véritables problèmes. Le monde est lâche, disait-il d'un ton sec. Quand il s'agissait de parler de morale, Stelios devenait toujours très sérieux, c'était différent.

- Pourquoi te sens-tu toujours obligé de faire la morale quand tu parles ? Lui demandais-je sans une quelconque agressivité dans ma voix. C'est vrai, détestes-tu réellement à ce point le monde ? N'y trouves-tu pas au moins un bonheur ? Insistais-je. Il me regardait profondément, comme si en réalité, il n'avait pas la force de m'écouter. Il s'approchait de moi doucement alors que mon souffle était saccadé à force de nager dans l'eau. Il réfléchit longtemps à la réponse, je savais qu'il l'avait, mais j'avais l'impression qu'il ne voulait simplement pas la dire. Peut-être par peur que son unique bonheur disparaisse ?

- Non. C'est un monde de merde où si l'on est ne serait-ce qu'un peu différent des autres, on se fait marcher dessus. C'est un monde où si tu ne comprends pas quelque chose, au lieu de t'expliquer, les gens te traitent d'imbécile. C'est un monde où pour avoir le respect des autres, tu dois être riche et avoir une famille, un père, une mère et des frères et sœurs. C'est un monde où la liberté est une valeur intrinsèque dont en réalité personne ne connaît le sens. Il reprenait son souffle et reprit de plus belle, il avait l'air d'être touché, presque en colère. C'est un monde où si t'as merdé une fois alors on te le rappellera tout le temps. Sa dernière phrase avait l'air de le toucher personnellement, il ne me regardait plus dans les yeux en la prononçant comme s'il avait peur que je lise ses sous-entendus à travers le noir de ses pupilles. Tu vois Artémis ? Tu comprends comment je perçois ce monde ? Comment veux-tu que je sois heureux avec cette vision ? Me questionna-t-il en entendant une réponse.

- Je ne suis pas d'accord avec toi. Du moins pas sur certains points. Osais-je lui dire. Je pense que si tu veux être heureux tu peux l'être. Tu as juste à le penser et à faire semblant d'y croire, et à force, tu verras qu'on le devient. Cela paraît bête, je sais, mais pour moi, c'est ce qui marche. Tu es différent des autres Stelios, je l'ai bien vu, mais je pense que tu ne fais rien pour aller mieux. Je me rapprochais un peu plus de lui encore. Désormais nos visages n'étaient qu'à quelques centimètres l'un de l'autre, nous avions rarement été aussi proches, mes mains tremblaient, mais heureusement, étant sous l'eau, il ne pouvait le voir. Son regard n'était plus le même, il était complètement flou, je regrettais tout de suite mes mots alors je décidais de rajouter, en pensant faire les choses bien, mais ce qui suivit me prouvait le contraire : tu as seulement peur d'avouer que toi aussi, tu as le droit d'être heureux. En entendant cela, il remit une distance entre nous, comme s'il avait peur, qu'avec sa colère, il me fasse plus de mal qu'autre chose.

- Tu te fous de moi ? Il prit une énorme respiration comme s'il s'apprêtait à tout me dire, tout.. Comment veux-tu que je sois heureux ? Hein, dis le moi, s'il y a un secret, tu as l'air de le connaître, je suis preneur ! Vas-y. Je suis parti d'ici parce que je devais des centaines de drachmes à un connard ! À Athènes, j'ai tué mon putain de père après avoir appris qu'il avait trompé ma mère et je rentre ici, je te rencontre, toi ! Casse-toi et arrête de t'immiscer dans la vie des gens et de penser savoir plus que tous les autres ! Non, désolé, mais je n'ai aucune raison d'être heureux. Il me regardait, douloureusement et comme s'il se forçait à mentir, il me dit : surtout depuis toi. Il finit sa phrase ainsi, et repartit à la nage vers l'échelle pour remonter au rocher. Tous avaient entendu la fin de notre conversation. Tous. Ils ne disaient rien, étaient sous le choc, comme moi, ils venaient d'apprendre toutes les raisons de son départ, de son retour et plus encore. Moi, j'étais la plus silencieuse, j'osais à peine respirer. Je voulais pleurer. Mais surtout pas devant eux. Alors qu'il venait de s'enfuir chez lui avec son vélo, je courus aussitôt chez moi. Illyna avait essayé de me retenir, mais rien n'y faisait, je ne croyais pas une seule seconde ce que Stelios avait dit sur moi, après tous ces regards et ces rires, cela ne pouvait être vrai.

Dans ma chambre, je pris mon coussin et criai de rage. Je le détestais. Lui non plus ne connaissait rien de moi, il ne savait pas pour mon père ni pour mon angoisse ni même pour l'argent. Je le détestais. J'avais si mal au crâne qu'il m'était impossible de penser à autre chose, les larmes et mon maillot de bain trempé sur mon lit dégageaient une odeur humide désagréable, je voulais juste disparaître un instant. Mais après tout, s'il avait raison, depuis son arrivée, je n'ai cessé de penser à lui et de vouloir lui parler constamment, voulant m'immiscer dans sa vie. Je me détestais. Il fallait que j'écrive une lettre à Suzanne. Maintenant.

Chapitre 7

C'était le jour de la rentrée, celle qui marquait notre dernière année au lycée et donc aussi celle où nous devions choisir où partir étudier. Je finissais de me préparer quand le facteur sonna à la porte de notre appartement, c'était rare que les lettres de Suzanne arrivent si vite, mais mon amie avait dû comprendre l'urgence de la situation dans laquelle j'étais. La peur, qui m'était un sentiment presque familier ne cessait de croître ces deux derniers jours, je ne savais pas comment mes amis réagiraient face à vendredi soir et j'avais peur d'être seule, de nouveau. J'ouvris la lettre, quitte à être en retard de quelques minutes.

Ma Chère Artémis,

Tout va bien. Tu n'as pas à t'inquiéter de la situation, tu sais ma mère me dit souvent qu'à notre âge cela est normal. Tu ne m'en voudras pas, mais afin de t'offrir mes meilleurs conseils, j'ai demandé confirmation à Monsieur Salpêtra, il s'y connaît tellement sur la vie. N'aie point peur, il m'a dit qu'il ne te pense pas folle, ou peut-être un peu, mais pas comme tu le crois, vois-tu ? Est-ce que tu comprends ce que je sous-entends ? J'espère. Enfin, si tu ne le sais pas, nous pensons que tu es amoureuse. Je n'ai pas réellement compris quand il m'a dit cela, mais il m'a expliqué que l'amour était le plus beau sentiment qu'il soit et qu'il fallait que tu oses. En-tout-cas, sache que ta lettre de détresse m'a bien fait rire, merci.

J'aimerai tant être là pour voir ta réaction, tu me manques tellement, et cela me peine que nous devions faire nos confidences à travers du papier. Ta voix, tes lèvres, ton sourire, tes cheveux, tout me manque.

Enfin, j'espère que tout ira bien pour toi. J'économise chaque jour pour venir te voir en novembre, pour mon anniversaire. J'espère que ta famille va mieux, tiens moi au courant, je m'inquiète. Tu as le bonjour de notre professeur et de sa femme, à qui, je pense, tu manques aussi énormément.

Nous nous reverrons dès que possible, je t'aime.

Suzanne Fenia

Quand j'arrivais là-bas, je préférais attendre devant le portail comme nous avions l'habitude de le faire au printemps dernier, j'avais espoir de les croiser. Je n'avais pas si peur, car Stelios n'était point étudiant, à cette heure-là, il devait à peine ouvrir la boutique de musique de son oncle. J'avais un but unique, l'éviter. C'était lâche oui, il détesterait ce choix s'il s'agissait d'une autre personne et jamais il ne m'aurait conseillé cela mais je devais le faire, pour moi. Ma haine envers lui n'était plus aussi forte, il était du genre difficile à détester, mais ma rancœur, elle, restait la même, ses paroles m'avaient blessée et je ne comptais pas lui pardonner d'aussitôt. De plus, les mots d'Illyna puis de Suzanne m'avait bouleversée bien que je n'y croyais pas une seconde, les deux rêvaient. Alors que j'étais dans mes pensées les plus profondes, j'entendis la voix d'Illyna qui me ramenait à la réalité. Je m'avançais vers elle.

- Eh ! Comment vas-tu ma belle? Je fus prise d'un si grand soulagement à entendre son air naturel que je ne pus m'empêcher de souffler en souriant.

- On fait comme on peut tu sais, et toi ?

- Super. Nikolas et moi avons passé la fin du week-end ensemble, c'était splendide. Écoute, je voulais te parler à propos de vendredi soir…Tu veux bien ? Me demanda-t-elle d'un ton plus sérieux.

- Je n'ai pas vraiment de chose à dire, je ne comprends toujours pas ce que j'ai fait. Je me sens mal Illyna.

- J'imagine. Je voulais te dire que Stelios ne pensait pas ce qu'il t'a dit, enfin la façon dont il te l'a dit. J'ai couru le rejoindre après ton départ, je lui ai parlé. Il m'a d'abord dit de partir, il voulait être seul, il me poussait, mais je résistais et après de nombreux essais, il a abandonné et m'a laissé rentrer, les larmes aux yeux, tu m'entends ? Les larmes aux yeux. Je ne l'ai jamais vu comme cela, je te le dis, tu as un effet sur lui, tes actions n'ont pas la même importance pour lui que celles des autres et je pense que cela lui fait peur. Il a toujours tout contrôlé et depuis ton arrivée tout lui échappe. Bien sûr, il ne m'a pas vraiment dit cela, tu le connais, mais c'était tout comme.

- C'est difficile pour tout le monde. Moi aussi, il m'a perturbée.

- C'est différent, essaie de le comprendre. On est d'accord, il n'avait aucun droit de te dire cela, mais sa colère était telle, Artémis, il a un meurtre sur le dos, les flics aux trousses, il doit s'occuper de sa mère malade et aider son frère à grandir et toi, tu lui dis sérieusement qu'il peut être heureux ? Je ne t'en veux pas ni te blâme, jamais, je sais que tu n'étais pas mauvaise avec lui, j'essaie seulement de te faire prendre conscience de son état.

- Je..commençais-je difficilement, je comprends. Merci. Tu penses que je devrais aller m'excuser ?

- Non, s'empressa-t-elle de répondre. Cet homme a beaucoup trop de fierté, il ne les acceptera jamais même s'il le voulait, le mieux, serait d'attendre qu'il vienne lui, il tient à toi, il le fera, mais laisse lui du temps. Il partait à Athènes hier pour régler tous les problèmes avec son père, il était au tribunal, il a déclaré que son père s'était suicidé, même si à mon humble avis, s'il ne l'avait pas tué, il l'aurait fait lui-même donc ce n'est pas tant un mensonge.

- C'est terrible, je m'en veux sincèrement.

- En effet. La sonnerie retentit alors que nous commencions à marcher afin d'aller voir nos classes. C'est rude d'avoir un tel mensonge derrière soi. Allez, oublie-le pour l'instant, tu dois te concentrer si tu veux réussir cette année.

Je hochais la tête en pensant que l'oublier n'était pas aussi facile que cela en avait l'air et continuais d'avancer vers les tableaux des classes. Là-bas, les élèves étaient déjà accumulés devant et alors que nous essayions de voir les listes de classes, Lasonas et Giovanni enroulèrent leurs bras autour de nos épaules. Tout se passait très bien, rien n'avait changé. Enfin, nous avions réussi à voir les listes et je n'étais avec aucun d'entre eux, tous avions des domaines différents, Illyna et Giovanni en sciences et Lasonas en philosophie et littérature.

En rentrant chez moi le soir, j'étais plutôt contente de cette première journée. En politique et sociologie, j'avais le même professeur que l'année dernière et bien qu'il ne soit pas le meilleur, il était compétent et donnait de bons conseils pour choisir où étudier. J'avais regardé plusieurs facultés, celle de Paris était mon rêve, mais il fallait que je sois la meilleure afin d'obtenir une bourse. En 1985, il était très rare d'offrir des bourses aux élèves, c'était au mérite. Avec du recul, je trouve cela d'ailleurs juste : qui travaillait, était récompensé.

Mon père ne devait pas être là ce soir, il m'avait dit en partant qu'il irait à la place, mais en arrivant, je le vis, lui et ses autres ivrognes assis sur le canapé du salon. Ils me regardaient de façon insistante et gloussaient bêtement. Ils n'étaient jamais là normalement. Alors que je voulais les ignorer et me réfugier dans la chambre, un se leva.

- Hé, beauté, ne pars pas encore. Il essayait de me faire une sorte de salutation avec sa main, mais mon père, encore conscient malgré son état, éloigna celle-ci.

- Pas touche salaud ! Cria-t-il en rigolant. Il était complètement fou, je sentais que la situation allait dérailler.

- Si on peut plus rigoler, arrivait-il à peine à articuler. Mon père le regarda et le prit dans ses bras en rigolant comme pour lui dire que si, ils pouvaient. Alors je pris très vite dans ma chambre un livre, mes nouveaux manuels et décidais de repartir. Quand je revins, un autre m'attendait devant la porte, il me fit sursauter en passant sa tête devant moi.

- Bah alors, tu restes pas avec nous ? Kosta ! Cria-t-il. Tu sais que tu l'as sacrément bien fini ta fille ! Et alors qu'il venait de finir sa phrase, il essaya vulgairement de me toucher la poitrine. Mon père arriva derrière et lui lança son poing en plein visage, son nez était en sang et aucun d'entre eux ne se maîtrisait désormais. Deux autres arrivèrent et se jetèrent sur eux violemment. Le dernier, qui était assis sur le canapé débarqua lui aussi, bien amoché, un couteau à la main en rigolant et criant « bagarre, bagarre ! ». J'étais si effrayée, mais ne pouvais sortir, mon souffle se coupa et je m'accroupis en me mettant en boule par terre comme pour me protéger. Et alors que leur lutte n'était plus rien tant leurs forces s'épuisaient, ils tombaient les uns sur les autres et ne tenant plus en équilibre, je pris mon élan et m'échappai vers la porte d'entrée. Là-bas, dehors, les mains contre mon front pour retirer la sueur qui avait coulée, je repris mes esprits : je le déteste. La maison la plus proche était celle de Giovanni alors je décidais d'y aller en courant. J'allais si vite que mon souffle qui à peine s'était remis, devenait de plus en plus saccadé, quelques centaines de mètres en plus et je me serai évanoui sur place. Enfin, je vis la maison de mon ami et au loin, la lumière de sa chambre était allumée, il n'était pas tard, il devait être vingt heures à peine. Arrivée devant la porte, je sonnai. Quelques secondes après, j'entendis des pas, il était là. Je n'avais pas pris le temps de cacher ni les bleus ni les cicatrices et encore moins les traces de sang de mon père sur mon coude.

- Putain, entre, me dit-il d'un air paniqué. Je le regardais, j'avais envie de pleurer et il le vit alors, avant de faire quoi que ce soit, il me prit dans ses bras. Il avait compris, il le savait.

Après un long moment, mon souffle était quasiment redescendu à son état habituel et je m'étais assise sur le sofa de son salon. Giovanni revint avec un verre d'eau et du désinfectant. Je l'aimais tellement. Il s'approchait de moi et commençait à me tapoter la joue. Je frémis un instant de douleur.

- Désolé, je n'ai pas trouvé de désinfectant, c'est de l'alcool, se justifiait-il. Tu veux en parler ? Ne te force pas si tu ne veux pas. Ce garçon était si respectueux, si éduqué.

- C'est mon père.

- J'imagine oui, il t'a frappée ? Encore ? Artémis, tu devrais réellement aller voir la police, c'est grave, trop grave, regarde dans quel état tu es, s'inquiéta-t-il calmement.

- Non, ce n'est pas mon père, enfin, ce sont ses putains d'alcooliques, ils se sont battus. Au début, même si mon père avait bu, il avait conscience qu'un d'entre d'eux m'avait touchée alors il l'a frappé et tout a commencé. J'étais couchée, mais rien ne les arrêtait, ils étaient fous. Je commençais à avoir les larmes qui montaient – je fis un dernier effort – je n'en peux plus Giovanni, je n'en peux plus, que ce cauchemar se termine, je me jetais dans ses bras en pleurant à chaudes larmes. Il me saisit et commença à m'embrasser le front comme symbole de courage.

- Tu es bien plus forte que ce que tu crois Artémis. Reste ici ce soir, je te préparerai la chambre d'amis si tu as la force de monter, mes parents sont en voyage d'affaires. Tu veux manger quelque chose ? Me demandait-il avec bienveillance. Je hochais la tête pour lui répondre non et quand il se leva, je pris l'oreiller du canapé, le plaçais sous mon bras qui n'était pas écorché, posais ma tête dessus et fermais les yeux. Le silence me guidait.

Alors que j'étais complètement perdue, j'entendis des pas au fond de l'escalier, c'était une grande maison en marbre qui résonnait. Je fis semblant de ne rien entendre et fermai les yeux de nouveau.

- Tout va bien ? J'ai cru entendre des pleurs ? C'était lui qui parlait, évidemment, cela ne pouvait que s'annoncer être pire. Je suis bête pensais-je, lui et Giovanni sont meilleurs amis, j'aurai dû forcément penser à cette situation.

- Oui, tout va bien ne t'inquiète pas, mentit mal Giovanni. Tu peux remonter, j'arrive, reprend la partie. Ils devaient être en train de jouer à un jeu de cartes, mais Stelios, sans même le voir, ne le crut une seule seconde, il s'approchait du canapé et alors Giovanni le retint.

- Non ! S'il te plaît, n'y va pas. Chacune de ses phrases me faisait l'estimer un peu plus. À vrai dire, je n'avais pas la force d'avoir quelque rancœur ou haine envers lui, il pouvait venir cela m'était égal, mais le fait qu'il puisse voir mon corps dans cet état, normalement toujours couvert de poudre, m'effrayait. Trop de gens savaient déjà, et si Patras était une ville où les nouvelles se répandaient vite, je préférais garder cela pour moi. Malheureusement, encore une fois, il restait fidèle à lui-même. Il s'approcha jusqu'à voir mon corps sur le bord du canapé. Je n'avais pas eu le courage de changer de position afin de cacher mes cicatrices et son regard me le confirma. Il fit vite le tour du canapé et vint se mettre à genoux, à ma hauteur en me prenant la main.

- Je t'avais dit de ne pas y aller, tu n'aimes pas ce que tu vois, je me trompe ? Lança Giovanni de la cuisine.

- Artémis, c'est moi, je...je suis désolé, pour tout. Qui t'a fait cela ? Me demanda-t-il en analysant chaque recoin de mes blessures. Je ne répondais pas. Celles-ci ne datent pas d'aujourd'hui me disait-il en fixant ma cuisse, qui te fait du mal ainsi ? Dis-moi, je t'en supplie. Personne ne devrait frapper une femme, encore moins toi, avoua-t-il en me remettant une mèche sur l'oreille. Il était doux.

- Ne t'inquiète pas pour moi, j'ai l'habitude, je cicatrise vite.

- Je ne veux pas que tu aies l'habitude, rétorqua-t-il en me fixant. Son ami arrivait alors derrière.

- Stelios, on va la laisser se reposer, allez viens, l'encouragea-t-il.

- Non. Non, on ne peut pas la laisser comme cela. Tu le savais ? Insista-t-il calmement.

- Depuis peu, oui. Artémis reste dormir ici, tu la verras demain. Il avait à peine fini sa phrase que Stelios n'était déjà plus là, il était remonté dans la chambre. Tu vois, il suffisait de souffrir un peu pour qu'il te montre son affection de nouveau, ajoutait-il en se moquant. J'essayais de rire, mais l'action me faisait douloureusement mal. Sincèrement, je sais que ce n'est pas le moment, mais jamais je ne l'ai vu comme cela. Attends toi demain matin à retrouver un autre lui. Il a beaucoup de fierté et n'oubliera pas.

- Je ne lui demande pas d'oublier, simplement de me pardonner. Je finissais cette phrase en m'assoupissant de nouveau, alors il me laissait dormir par peur de me réveiller et retournait voir son ami.

Le lendemain, quand je vis le soleil déjà levé, mon corps fit un bond, je remis ma robe sur mes genoux et commençais à paniquer par peur d'être en retard en classe. C'était à peine le deuxième jour, je ne pouvais me permettre d'être absente cette année, si je voulais aller en France, je n'avais pas le droit à l'erreur et malheureusement quand je vis l'heure sur l'horloge du salon, je compris que l'erreur était déjà commise. Je commençais à monter l'escalier en appelant Giovanni. Il ne me répondait pas, il devait déjà être parti en classe, comme tout élève sérieux, disais-je en moi-même. Le bruit sourd dans la maison ne faisait qu'augmenter mon angoisse. Je sentis tout à coup le souffle de quelqu'un derrière moi alors que j'étais dans un couloir, je sursautais.

- Pardon, c'est moi, me rassurait-il sèchement. C'était Stelios, j'avais quasiment oublié sa présence quotidienne dans cette maison.

- Giovanni est parti en cours ? Lui demandais-je avec un mal de crâne pas possible.

- Oui. Tiens, une aspirine. Tu devrais te préparer et partir. Je n'avais ni la force de lui demander pourquoi il prenait ce ton-là ni le courage de rester près de lui, mais je devais lui demander une dernière chose, je savais que Giovanni avait une sœur.

- Peux-tu simplement m'indiquer la salle de bain, s'il te plaît.

Il ne prenait pas la peine de me regarder, comme s'il n'osait toujours pas accepter l'état de mon corps et me pointait seulement du doigt la direction pour me guider. Je ne le remerciais pas et partais la tête baissée. Là-bas, je fouillais partout dans les meubles, honteuse, pour trouver de la poudre ou quelque chose pour camoufler mon visage rayé. Je trouvais une sorte de crème, elle ne me parut pas luxueuse alors je la prenais et l'étalais sur mes plaies. L'alcool qu'avait mis mon ami sur mes joues avait étonnamment très bien cicatrisées celles-ci. Je ne me changeais pas, car, je n'avais pas de quoi le faire, mais je mouillais rapidement mes jambes et mes aisselles afin de ne plus empester l'alcool et la sueur.

Quand je redescendais à la cuisine, il était là, en train de préparer un café. Il me regarda et vit ma peau de nouveau lisse et comme s'il était déçu d'un tel changement, il serra ses lèvres et se concentra sur sa boisson de nouveau. Pas un seul mot. Je fis comme si de rien n'était, mais la tension entre nous n'était pas négligeable, je voulais crier. Lui crier pardon. Alors que je m'apprêtais à prendre mes affaires et déguerpir, il eut tout de même la gentillesse de me dire que Giovanni m'avait laissé des habits propres dans sa chambre. Je le remerciais par un faible et faux sourire et me dirigeais vers l'escalier. Là-bas, dans la chambre, mon corps se laissait tomber. Je m'écroulais sur le sol, n'ayant ni la force mentale ni physique de me relever, et me consternais en silence. Je me déteste aujourd'hui d'agir comme cela, mais à ce moment-là, mon épuisement était tel que je ne pouvais faire autrement. Tout était tellement parfait là-bas, pourquoi avait-il fallu que cela change ? J'étais si heureuse, si innocente auprès de Suzanne, jamais je n'aurai voulu que cela cesse. J'étais là, sur le sol, le temps m'engloutissait seconde après seconde, je ne pensais plus à rien, seulement à l'angoisse, je ne devais plus retourner chez moi, je ne voulais pas aller en cours dans cet état, je ne pouvais plus rester ici, dans cette maison, auprès de lui, c'était si douloureux, si difficile.

- Artémis, relève-toi, m'interrompit Stelios en essayant de me soulever par les bras. Je ne répondais pas, je savais qu'il prenait soin de moi ou de quiconque, qu'il le détestait ou non, je n'avais aucune valeur à ses yeux, pas plus que d'autres. S'il te plaît, fais un dernier effort, tu peux rester ici, je vais partir, disait-il d'une voix rauque.

- Non. Je t'en prie ne pars pas, osais-je murmurer difficilement.

- Pardon ? Il n'avait pas entendu et ma force était trop faible pour répéter mes mots alors je ne dis rien. J'essayais de me lever et il m'aidait à aller jusqu'au lit. Si tu ne veux pas rester, tu devrais aller en cours alors. En réalité, il voulait seulement que l'on ne se voit plus, que l'on s'éloigne.

- Tu as raison, je dois réussir mes études, devenir riche et partir loin de mes parents et de toi, c'est ce que tu penses de moi, non ? Lui dis-je presque machinalement.

- Ce n'est pas ce que je voulais dire.

- Mais si, on devrait en parler tiens. Toi qui crois que ma vie est si parfaite, si belle, si rayonnante, ça te fait quoi de me voir comme ça ? Lui criais-je en lui donnant des coups sur le torse.

- Tu n'es pas consciente de ce que tu dis. Tu es épuisée. Je n'ai pas envie de recommencer un débat avec toi, tu devrais partir, ce sera mieux pour nous deux.

Et notre discussion se finit ainsi. Étions-nous destinés à cela ? Lutter constamment l'un contre l'autre afin de savoir qui avait raison alors qu'en réalité la vérité n'existait pas. Stelios et moi étions si différents l'un de l'autre, mais dans un autre sens si proche, nous avions la même façon de se protéger : par la haine. Nous étions tous les deux très mauvais pour communiquer. Nous ne comprenions pas le monde dans lequel nous vivions. Mais nos univers étaient si différents que nous étions aux antipodes : une même sphère, une même lignée, mais deux points opposés, aux antipodes.

Chapitre 8

Deux mois étaient passés depuis l'incident avec mon père, je passais la plupart du temps en cours et à la bibliothèque. Nous n'étions qu'en novembre, mais nous croulions déjà sous le travail, les professeurs commençaient à nous demander de chercher vers quelles écoles nous aimerions partir et de mon côté, je passais chaque semaine des appels à Paris pour savoir comment fonctionnaient les bourses et les logements. Je continuais de donner des cours à Angelo tous les week-ends, en évitant au possible de rencontrer son frère et cela me permettait de pouvoir financer mes appels à l'étranger et mes sorties auprès d'Illyna.

Je ne voyais mes amis qu'au lycée et passais du temps avec eux le midi. L'économie s'avérait être de plus en plus difficile et nécessitait chaque jour un peu plus de notions de mathématiques. Pour ce qui était des notes, je gardais un bon classement parmi les élèves de ma section, mais tous avaient un très bon niveau et la pression mise sur nos épaules était intense. J'écrivais donc très souvent à mon cher professeur pour avoir son soutien. Ce soir-là, j'avais passé une journée ennuyante et j'avais tellement travaillé la semaine, qu'il ne me restait pas trop de travail alors j'ouvris ma boite où je rangeais toutes mes lettres et en sortis un brouillon afin de me remémorer de bons souvenirs.

24 septembre 1985

Cher Monsieur Salpêtra,

Plus d'un an s'est écoulé depuis mon départ et pourtant votre absence à mes côtés ne cesse de me peser. J'ai bien peur de ne plus avoir le temps de lire Dickens ou même Camus. Ici, tout est fou. Je n'arrête pas de travailler alors que l'année vient à peine de commencer, je n'ai qu'un rêve, la faculté d'économie et sciences politiques de Paris. Elle est très bien classée, j'ai vu dans le journal qu'elle avait formé de grands économistes comme Pascal Boniface dont nous parlions en classe souvent. J'espère être l'un d'eux plus tard.

J'ai eu de vos nouvelles par Suzanne, vous m'avez bien fait rire. Je suis ravie d'entendre que vous et votre femme vous portez à merveille et que les Chypriotes ont enfin quitté le territoire, Killini est repartie pour une décennie calme à ce qu'il paraît. Du moins, nous l'espérons. Je gagne assez d'argent en ce moment pour pouvoir venir vous rendre visite en janvier prochain, pour mon anniversaire, j'aimerais que vous soyez là pour l'âge de ma liberté.

Enfin, Suzanne vient me rendre visite dans un peu plus d'un mois, n'hésitez pas à lui faire passer vos messages pour économiser un peu d'argent, les temps restent rudes pour tous.

Je vous souhaite un agréable mois de septembre entouré de vos proches, de lecture et musique.

Affectueusement,
Artémis Kosta.

4 octobre 1985

Ma chère élève,

Recevoir tes lettres me provoque toujours un plaisir fou. Tu ne peux imaginer à quel point cela est plaisant de voir qu'une élève à qui l'on tient, ne nous oublie pas. Tu m'excuseras pour ma réponse tardive, en effet, ma grande tante a eu quelques soucis de santé et j'ai dû partir à Corfou pendant quatre jours. C'est par ailleurs, une ville très belle et riche.

Là-bas, j'ai profité de la connexion avec les autres grandes villes pour m'informer davantage sur ta perspective d'avenir. C'est évident que Paris fait rêver, l'école que tu souhaites, La Sorbonne, est d'ailleurs très bien réputée, je ne peux que te la conseiller. En ce qui concerne les bourses, je ne pense pas que cela soit un problème, mais surtout, il faut être parmi les meilleurs du pays, mais encore une fois, je crois en toi et ne pense pas que ce soit un obstacle. Tes rêves sont grands, ton travail doit suivre.

Je t'attends ici les bras ouverts ma chère Artémis, n'aie pas peur de passer chez moi, même sans prévenir. Je t'attendrai dans le salon, assis sur le fauteuil, et nous parlerons d'Aristote et Socrate pendant des heures.

Poursuis tes efforts. Ne sous-estime jamais le travail, il paie toujours, ne l'oublie pas.

Ton vieux maître d'école,
Adonis Salpêtra

3 novembre 1985

Suzanne,

Je ne peux plus attendre ton arrivée ici. J'ai tellement de choses à te dire. Je frisonne de joie rien qu'en y pensant. Nos bras entremêlés, ta voix, tes poèmes, ton sourire. Tout. Tout me manque chez toi. Je sais bien que tu arrives dans moins de deux semaines, mais j'ai absolument besoin de parler à quelqu'un, alors voilà. Tu le sais, je ne fais qu'éviter les rencontres avec Stelios, nos dernières discussions sont à chaque fois pires que les précédentes, mais à force, je ne trouve plus d'excuses pour ne pas le voir. Je sais, cela paraît stupide, et cela l'est certainement, mais je ne cesse de penser à lui alors que je rêve du contraire. C'est comme s'il maîtrisait mes pensées.

L'autre jour, je l'ai croisé devant la boulangerie, il était là, de l'autre côté de la route, nous nous sommes arrêtés net et pendant un instant, c'est comme si le monde ne respirait plus. Nous nous sommes regardés pendant au moins deux minutes avant qu'un passant le bouscule et nous fasse revenir à la réalité. Ensuite, plus rien, quand je clignais des yeux, il avait de nouveau disparu. Patras est une grande ville, mais si petite quand le destin décide que je le croise chaque jour.

Enfin, je ne peux attendre ton arrivée qu'avec impatience.

À très vite,

Ton amie la plus dévouée,
Artémis Kosta

Je refermais la boîte, le sourire aux lèvres. Elle n'avait jamais répondu à cette lettre sans doute parce qu'elle débarquait la semaine qui suivait et que cela n'aurait servi qu'à perdre de l'argent.

Il était quinze heures, nous étions vendredi après-midi et j'attendais Suzanne sur le bord du quai depuis une heure, son train avait du retard, mais vivant en Grèce depuis enfant, je m'y attendais. Alors, j'en profitais pour utiliser le téléphone de la gare pour appeler l'ambassade de France. Ils me donnèrent de nombreuses informations comme le passeport que je devais aller faire, les critères précis pour être acceptée et d'autres choses que j'avais sans doute oubliées de noter. J'avais dû quitter l'appel plus tôt, car j'entendis l'annonce des haut-parleurs : « Le train en provenance de Killini entre en gare, veuillez-vous éloigner de la bordure du quai ». Je me dépêchai de courir vers celui-ci et attendis le train ne pouvant à peine respirer telle ma joie était grande. Je rêvais de la revoir. Quand le train freina, j'aperçus son visage, collé à la vitre, en train de faire des grimaces. Mon Dieu, elle n'avait pas changé, c'était bel et bien Suzanne, ma Suzanne. Les portes s'ouvrirent et j'eus à peine le temps de me diriger vers elle qu'elle m'entoura et me serra dans ses bras si fort que mon souffle se coupa.

- Plus jamais nous nous séparerons si longtemps, me jura-t-elle essoufflée.

- Je l'espère, lui répondis-je parce que je n'aimais pas promettre.

Nous nous détachions peu à peu et quand nous fûmes assez libres pour lever notre regard vers le toit ouvrant de la gare, elle et moi nous soufflâmes de bonheur. Il y avait dans le ciel, le soleil qui brillait, qui doucement laissait place à la nuit et à la lune.

- Tu vois, nous sommes toujours là, liées à jamais, lui dis-je en la reprenant dans mes bras. Elle m'avait tant manqué.

Nous avions trois jours devant nous pour discuter et fêter son anniversaire comme il se devait. Contrairement à moi, elle était très attachée à toutes ces fêtes et ne souhaitait jamais en oublier. Suzanne était née le dix-sept novembre, c'était un dimanche cette année-là, mais c'était aussi un jour férié, il se dégageait donc une atmosphère brillante et dansante dans la ville, c'était le jour de la révolte polytechnique de Grèce de 1973. C'était un jour sans travail que le gouvernement avait chaleureusement offert à notre pays.

Le premier soir, je l'avais amenée au rocher afin qu'elle comprenne mes émotions quand je lui parlais de celui-ci, elle était tout autant émerveillée que moi la première fois où j'avais découvert ce lieu. Il était magique. Elle avait sorti son appareil photo et avait pris le coucher de soleil au moins une dizaine de fois jusqu'à épuiser sa pellicule entièrement. Nous avions parlé pendant des heures, en pique-niquant, de ses aventures rocambolesques à Killini, de son amour pour un jeune touriste anglais qui était venu faire une année d'échange dans le village, selon elle, c'était son accent qui l'avait charmée. Il lui avait fait la cour et elle aurait tout fait pour lui à l'entendre. J'étais heureuse de la voir épanouie de la sorte, elle le méritait sincèrement. Elle avait essayé de me poser des questions, si mes souvenirs sont bons, à propos de Stelios, mais voyant mes réticences à l'égard de mes sentiments, elle avait fini par se moquer plutôt que d'insister.

- Tu as peur d'aimer. Tu ne devrais pas, c'est un sentiment formidable, Monsieur Salpêtra avait raison, me disait-elle le sourire en coin, elle était complètement amoureuse de cet étranger.

- Sans doute, il a souvent raison.

- D'ailleurs – me coupa-t-elle – il m'a confié cela pour toi, tiens, ajouta-t-elle en me tendant un livre. C'est Kant, il m'a dit que tu comprendrais ta situation avec Stelios en le lisant, du coup, j'ai fait mes recherches et j'ai vu que Kant pensait que les personnes étaient faites pour aimer et être aimées.

- En effet, oui, il l'a dit. Mais je suis certaine que c'est bien plus complexe que cela et qu'il n'avait pas les mots ou l'expérience à l'époque pour décrire ce sentiment inconnu de tous.

- Inconnu de tous, sauf de toi et moi ! Rit-elle d'un coup. Alors je lui lançai une tomate sur son beau visage et elle fit de même. La soirée passait à une allure folle, il était déjà minuit quand nous décidâmes de rentrer chez moi. Mon père n'était pas là en rentrant et c'était mieux ainsi. J'avais installé un matelas, que le voisin du palier m'avait gentiment prêté suite à ma demande, dans ma chambre et nous nous endormîmes aussitôt, fatiguées par l'intense après-midi passée. Demain, nous allions visiter le nord de la côte et Suzanne avait demandé à ma mère, Hélène, de nous réveiller avant le lever du soleil « pour le suivre dans sa trajectoire ». Elle était comme cela, Suzanne était la passion, la joie, la vie.

Quand nous rentrâmes le samedi soir de notre voyage, nous étions épuisées. Nous avions passé la journée à marcher et découvrir les monuments de la Grèce Antique

que moi-même n'avait pas eu le temps d'aller voir. C'était une journée formidable. Ma mère nous avait préparé en rentrant un verre d'eau froide, car bien que le temps fût capricieux, presque orageux en ce mois de novembre, il faisait chaud lorsqu'on bougeait. Hélène me prévint aussi du passage d'Illyna ce matin qui nous invitait chez elle pour voir un film. Elle avait une grande villa et son père avait fait installer une sorte de cinéma privé. Stelios avait appelé cela ironiquement, d'après Lasonas, de l'« abus de pouvoir et de la perte d'argent inutile » mais à vrai dire, lui-même et les autres étaient plutôt satisfaits de cette innovation.

Je ne voulais pas vraiment sortir ce soir-là et il était déjà tard mais Suzanne avait insisté pour rencontrer mes proches alors je me forçais et nous partîmes chez elle. Arrivées là-bas, je fis les présentations brièvement, car je ne doutais point de la sociabilité de mon amie pour qu'elle les fasse elle-même.

Elle s'entendait très vite avec tous, mais gardait sa distance avec Vivian ce qui me fit extrêmement rire intérieurement. Je lui avais parlé de mon ressenti à propos de cette fille et elle n'avait guère apprécié son comportement non plus, pourtant, elle n'était pas du genre à ne pas aimer quelqu'un. Nous passâmes une très belle soirée à rire, et même chanter. Stelios et moi, nous nous ignorions comme nous avions pris l'habitude de le faire depuis quelques semaines, ce n'était point un manque de maturité, seulement une sorte de protection, comme une carapace qui évitait toute explosion. Nos amis avaient dit trouver cela dommage, mais aucun de nous deux ne préférait répondre à leurs remarques. Nos regards mutuels suffisaient pour ne pas continuer les discussions comme celles-ci.

Le lendemain, dès le lever du jour, je remerciais Illyna qui était en train de pouffer avec mon amie à propos de ma dénégation sentimentale. À les entendre, cela me faisait bien rire aussi. Je l'embrassais une dernière fois avant de partir, elles s'échangèrent leurs adresses afin de s'envoyer des lettres, j'étais ravie qu'elles s'entendent aussi bien, après tout, elles se ressemblaient beaucoup. Nous prîmes nos vélos et nous allâmes vers un restaurant typique de la côte méditerranéenne pour fêter l'anniversaire de mon amie. Nous passâmes une excellente journée, je lui offris un collier, lui lus un poème que j'avais écrit, bien qu'on en rit tant mon talent était mince, et je cueillis des fleurs pour les lui donner. Nous nous enlaçâmes encore une fois tant cette sensation était rare. Du pur bonheur, sans crainte ni peur. Je la raccompagnai vers la fin d'après-midi à la gare et alors qu'elle allait monter dans le train, ses yeux commencèrent à se remplir de larmes, alors je la serrai une dernière fois en lui promettant que nous nous reverrions bientôt. Je n'aurais pas dû promettre, j'aurais dû la serrer plus fort, plus longtemps, car ce fut, ici, la dernière fois que je vis mon amie sans vraiment le savoir.

- Mademoiselle Kosta, voulez-vous bien attendre un peu après le cours tout à l'heure ? J'ai quelque chose à vous dire, m'interrompit dans ma concentration mon professeur de sociologie. Voyant le doute dans mon regard, il rajoutait : n'ayez crainte, tout va pour le mieux.
- Très bien Monsieur, lui répondis-je de façon solennelle.
L'heure était passée si lentement que j'avais eu le temps de repenser à un tas de choses : Paris, le départ de Suzanne,

ma mère, mon père qui devait sûrement être en train de boire à cette heure-ci…. Je me dirigeai alors vers le bureau de mon professeur qui semblait avoir déjà oublié sa demande.

- En quoi puis-je vous être utile ?

- Pas-grand-chose à vrai dire. Il avait une façon de parler si peu romantique, si peu charmante et à chaque fois que j'entendais sa voix, je regrettais un peu plus la distance qui nous séparait Monsieur Salpêtra et moi.

- Alors pourquoi m'avez-vous appelée ? Demandais-je poliment en essayant de garder mon calme.

- Tout doux gamine. Je voulais simplement vérifier quelques informations à ton sujet. J'ai vu que vous vouliez demander La Sorbonne, quelle ambition ! Me dit-il en ricanant. Savez-vous que la majorité des élèves ne demande pas plus loin qu'Athènes ou Thessalonique. Pourquoi voulez-vous aller là-bas ?

- Ils ont les compétences dans les domaines que je recherche et la discipline me plaît. J'ai lu de très bons avis.

- Mais pensez-vous avoir le niveau ? Je veux dire, il n'y a rien de méchant dans mes propos, surtout ne le prenez pas mal. Mais les élèves qui vont là-bas sont de véritables génies et vous…vous

- J'y arriverai, l'interrompis-je. Je ne voulais pas entendre la fin de sa phrase.

- Bien…Et imaginons que vous y arrivez, ce que je vous souhaite, me disait-il d'un air malicieux. Aurez-vous l'argent pour y aller ?

- Oui.

- Pourtant, j'ai entendu dire le contraire. Que font vos parents ? Avocat ? Banquier ?

- Rien de tout cela. Ils s'occupent très bien, ne vous en faites par pour eux, je suis certaine que vous avez eu les informations que vous souhaitez. Je dois partir monsieur, vous comprenez, j'ai tant de travail pour remonter mon niveau d'enfant défavorisé, lui souriais-je faussement en partant.

En réalité, j'étais morte de honte, il avait raison, mais c'était un abruti. Je n'avais pas l'argent pour Paris et je n'allais pas l'avoir si je n'obtenais pas d'aide et cette sensation, de toujours être dépendante de quelqu'un commençait à me peser si fort que j'allais exploser. Cet homme, je le détestais, il ne connaissait rien de ma vie et se permettait de me juger ? En réalité, il était comme moi. Moi aussi, j'avais jugé Stelios sans connaître réellement son passé, à ce moment-là, je compris sa réaction et m'en voulais terriblement. Il avait le droit de me crier dessus ce soir-là, j'avais franchi une frontière que lui-même n'avait pas franchie et cela avait dû l'effrayer, comme moi avec cet idiot.

C'était une fin de novembre comme les autres, le vent d'été était redevenu froid et mon corps commençait à s'acclimater à cette nouvelle atmosphère. Tous les soirs depuis une semaine, je rentrais et voyais ma mère affaiblie par les sautes d'humeur de mon père. Elle ne le supportait plus, elle qui avait tant fait pour lui, avait tout essayé jusqu'à perdre sa propre identité. Elle n'avait plus la force d'agir. Elle était là, couchée sur le canapé, abattue par les coups, blessée par les mots. Je lui faisais à manger, la faisais boire de l'eau à la cuillère, la couvrais d'une couverture chaude, lui chantonnais à l'oreille des musiques qui lui rappelaient nos belles années, mais rien n'y faisait, elle ne me répondait presque plus. Dans la maison, le silence était devenu mon meilleur ami.

D'un autre côté, je passais beaucoup plus de temps à donner mes cours de lecture aux enfants, Angelo avait parlé de moi à ses amis et l'un d'eux avait pris contact et me permettait de gagner un peu plus d'argent encore. Je continuais à prendre un plaisir fou à enseigner et croisais quelques fois Stelios qui me saluait poliment devant son frère. Lui était toujours aussi curieux, il aimait apprendre, et le voir progresser réjouissait tout son entourage, y compris son frère bien qu'il ne me le montrait pas.

Ce train de vie entre violence et amour commençait à m'épuiser plus que ce qu'il ne fallait. J'avais besoin d'aide.

Chapitre 9

Je ne me rappelle plus quel jour c'était exactement, mais c'était un trois décembre, le jour de sa fête, que d'ailleurs jamais je n'ai oubliée. J'étais usée du temps et des bourrasques de ces derniers temps et je m'apprêtais à aller me coucher quand un caillou retentit à ma fenêtre. Apeurée par un sentiment de déjà vu le soir de l'incendie presque un an auparavant, je me dirigeais vers celle-ci et essayais de trouver un indice, difficilement, car ma rue n'était pas éclairée. J'ouvris alors la fenêtre et entendis du bruit tout en bas. Il était là.

- Artémis, s'il te plaît, descends.

Je ne comprenais pas ce qu'il faisait ici à une heure pareille alors que nous ne nous étions pas parlés depuis presque un mois. Mais, animée par ce sentiment inconnu dont je connais aujourd'hui le nom, je pris un pull et en marchant sur la pointe des pieds pour ne pas réveiller mes parents, descendis dans la rue.

- Tu es complètement fou. Qu'est-ce que tu fais là ? Tu débarques ainsi sans m'avoir adressé la parole depuis des semaines ? Lui reprochais-je vexée. En réalité, j'étais si soulagée de l'avoir près de moi à nouveau que je n'arrivais pas à ne pas lui sourire, je ne sais pourquoi, mais sa présence m'était si chère, si rare, si belle.

- Toi non plus, si je puis me permettre. Enfin, je ne suis pas là pour ça. Je t'en prie oublions, ce jeu est enfantin. Je reconnais à quel point ce devait être difficile pour lui de prononcer ces mots, sa fierté était si forte. Je levai mon visage vers lui et vis pour la première fois ses yeux briller. Ils restaient noirs, bien plus encore que d'habitude, mais ils étaient animés d'une lueur d'espoir dont je ne connaissais ni la raison ni ce qu'elle allait engendrer. Je ne lui répondis que par un sourire, mais cela lui suffit à continuer ses propos. Nous agissons comme des lâches Artémis, nous avons peur et fuyons constamment. C'est ridicule. Je vais te le dire, pour la première fois depuis des années, j'ai envie d'être heureux et c'est grâce à toi, c'est toi qui m'a fait réaliser le flou dans lequel je suis. Évidemment que je ne suis pas la personne qui a le plus de raison d'être heureux, mais je n'ai vu, avant toi, aucun côté positif à ma vie, j'ai des amis en or, un métier que j'aime, un cerveau qui fonctionne – me disait-il en se pointant le front en rigolant – et je t'ai toi. Devant moi, je n'y croyais pas, j'avais bel et bien un homme heureux, Stelios, le garçon qui avait toujours été le bruit de la foudre venait enfin d'accepter que l'éclair illumine son sort. Je crois, essayait-il à plusieurs reprises, je crois que tu me rends meilleur. Il finit sa phrase en me regardant dans les yeux comme s'il attendait une réponse alors je pris la parole.

- Je suis désolée pour tout ce que j'ai pu te dire. Nous ne sommes pas si différents, osais-je rajouter, tu m'offres un sentiment si étrange, je, je ne sais comment l'expliquer, je ne sais pas ce que c'est, mais quand tu es ici, j'ai envie de crier, de m'enfuir, c'est un mélange de peur et de bonheur, c'est une pure fantaisie. Je ne sais pas comment s'appelle ce sentiment, mais je sais que je le déteste parfois et l'aime souvent.

- Je crois que je sais. Enfin, je suis ici parce que c'est mon anniversaire. Je ne l'ai jamais fêté, mais j'ai envie de le faire avec toi, me dit-il faiblement. Les efforts qu'il faisait pour s'exprimer et me dire ce qu'il avait au plus profond de lui m'étonnent toujours, encore aujourd'hui.

- Ce serait avec plaisir, lui répondis-je en le suivant.

Je crois que nous allions vers la mer, à vrai dire, c'était un peu l'unique chose qui nous plaisait à tous les deux, c'était un environnement commun que nous partagions depuis le début de notre rencontre. La mer nous liait. Là-bas, nous étions assis sur le sable, il sortit un minuscule gâteau, alluma son briquet et le pointa sur la bougie. On aurait dit un enfant. Un enfant qui découvrait les plaisirs d'être aimé, un enfant qui ne rêvait que d'une chose, de souffler sur la bougie. Alors que le vent essayait d'éteindre les flammes, je plaçais mes mains autour de celles-ci pour les protéger, nous riions. Il s'apprêtait à souffler, mais je l'interrompis.

- Attends, petite, on m'avait dit qu'il fallait faire un vœu.

Il me regardait, le sourire en coin, réfléchissait quelques secondes en regardant le ciel, comme s'il priait et il prit une bouffée d'air avant d'éteindre la flamme. J'applaudis bêtement pour lui montrer ce qu'était un véritable anniversaire entouré de gens qu'on aime. La plupart avaient des parents auprès d'eux pour réaliser leurs souhaits les plus chers, lui n'avait personne, il n'avait que moi.

- Je suis désolée, je n'ai pas de cadeau.

- Si tu savais comme je m'en moque. Je déteste les biens matériels, ce moment-là est digne du *Carpe Diem* et sincèrement, c'est le plus beau cadeau que l'on puisse me faire, Artémis. »

Après cette remarque, nous passâmes la nuit à parler comme s'il n'y avait pas de lendemain, comme si le soleil n'allait jamais se lever. J'étais la lune, il était la météorite et nous regardions les étoiles dans le ciel graviter les unes autour des autres. Il faisait tout de même très froid à cette saison-là de l'année, le vent ne soufflait pas trop cette nuit-là heureusement, mais les températures suffisaient à me faire grelotter et mon nez coulait. Stelios attrapa son sac par le bras derrière lui et sortit un pull. Ce moment était parfait, il était magique. Alors que nous parlions depuis un moment de la philosophie de vie, de Killini et de notre groupe d'amis, un silence commençait à s'installer. Nous ne manquions point de conversation, au contraire, cette nuit, durerait encore aujourd'hui si la science le permettait, mais ce vide m'indiquait comme une hésitation de la part de Stelios à me poser une question alors je l'encourageais.

- Dis-moi, lui dis-je calmement.

- Je ne veux pas gâcher cette soirée, avoua-t-il.

- Stelios, je suis prête à répondre à tes questions, insistai-je.

- Ces marques, sur ton corps, qui te les a faites ? Me questionna-t-il inquiet. Alors Giovanni ne lui avait vraiment rien dit, après la soirée de l'autre fois, enfin après tout, il avait tenu sa promesse de ne rien dire à personne, j'étais si reconnaissante. Après cette pensée, je me devais de lui répondre, contrairement à ce que je pensais, je ne me sentais ni offensée ni bousculée par sa question, je lui faisais une confiance telle que j'avais presque envie de tout lui raconter.

- Mon père – je sentis ses bras se tendre – ce n'est rien, ne t'inquiète pas. Mon père était un homme bien, je pense qu'il l'est toujours, mais il est complètement rongé par sa maladie. Il est alcoolique, depuis notre arrivée ici, il ne s'est pas passé une seule journée sans que je ne le vois avec une bouteille à la main, tu ne peux pas imaginer la frustration que c'est que de voir l'homme que tu aimes le plus détruire sa vie devant tes propres yeux sans pouvoir agir. Le soir où j'ai débarqué chez Giovanni, en pleurs et en sang, c'était la dernière fois qu'il m'avait frappée si fort. En réalité, ce n'était même pas lui, c'étaient ses compagnons de débauche. Il me regardait si profondément comme s'il essayait de forcer son cerveau à ne pas imaginer la scène tant elle était douloureuse. Enfin, c'est ainsi, je n'ai pas le choix, mon détachement peut paraître lâche mais que veux-tu que je fasse, malgré son état, il reste deux fois plus fort que moi, et puis, je lui dois tout, il m'a tout appris. De toute façon, je n'ai pas la force de porter plainte ou quoi que ce soit, alors j'évite juste son regard avant que tout ne déraille.

- La justice n'en ferait rien de toute façon. Je savais qu'il pensait bien plus que cela, mais il avait compris que mon monologue n'attendait pas de réponse et qu'avoir parlé m'avait fait un bien fou. Il mit un certain temps à reprendre la parole, mais finit par le faire. Lorsque j'ai tué mon père, je me suis senti comme déshumanisé, j'avais l'impression de n'être qu'un monstre. Le pire dans tout cela, c'est que je ne me suis senti ni coupable ni eu des regrets. J'étais presque fier de mon acte comme si l'on m'avait programmé à subir ce destin. Mon père était un véritable lâche, il n'a jamais rien fait ni pour moi ni pour mon frère. Dès ma naissance, il partait en voyage tous les jours et après celle d'Angelo, il s'est enfui à Athènes. Tu ne peux pas savoir ce que c'est que de grandir sans une figure paternelle, j'ai dû former ma propre image d'homme, je n'avais pas celle de mon père, j'étais jaloux des autres garçons à l'école qui se faisaient embêter et pouvaient dire fièrement «Moi, mon père peut te frapper. » Quand je marche dans la rue et vois un père et son fils j'ai une sensation en moi inexplicablement douloureuse et je me déteste de l'aimer. Je me déteste, car cet abruti a trompé ma mère, nous a abandonnés, m'a laissé une famille entière dont je devais m'occuper, quand moi-même j'en avais besoin d'une. Couché près de son corps, j'avais du sang sur les mains, mais mon cœur jouissait de bonheur et cette ambiguïté me fit comprendre à quel point ma vie était dépourvue de sens. Je rêve de vivre comme quelqu'un de normal, j'aimerais qu'on ne me décrive pas devant les autres comme quelqu'un de marginal. Mais surtout, toi, je ne veux pas que tu me vois ainsi. Promets-moi, qu'à tes yeux, je suis plus qu'un adolescent ridicule qui cherche un sens à sa vie. Me priait-il avec un regard sombre qui traduisait son sérieux et sa douleur.

- Je te le promets.

Et ce fut la dernière promesse que je fis. Ses mots m'avaient tant touchée que je ne savais quoi dire d'autres que le remercier de me faire confiance. J'eus à peine le temps de finir cette phrase qu'il vint poser sa main sur ma joue, je pouvais entendre le bruit des vagues au fond, qui accompagnaient les battements de son cœur. Nous n'avions jamais été si proches et mes yeux ne pouvaient trahir le plaisir et la peur que cela me procurait. Nos regards s'entremêlaient et se détournaient comme si nous n'osions franchir les quelques centimètres qui séparaient nos visages. Nos corps étaient eux aussi proches, et le torse de Stelios frôlait presque ma poitrine. J'oubliais complètement la fraîcheur de l'air, le début d'hiver. Il entrouvrit ses lèvres et avant même qu'il ne prononce un mot, je m'élançais délicatement vers les siennes pour y déposer les miennes. Comme si cette sensation inconnue prenait tout à coup son sens, il se détacha de moi pour me sourire et reprit un peu plus notre baiser. Ses lèvres douces m'offraient un plaisir indéchiffrable, toute cette tension accumulée entre nous était en train de s'évaporer peu à peu au contact de nos visages. Je n'avais encore jamais connu une telle sensation et je souhaitais que cela ne s'arrête jamais, son baiser était intense, mais si respectueux et doux en même temps, je me demandais comment j'avais pu attendre si longtemps pour découvrir le plaisir que procurait l'amour. Enfin, après une dernière bouffée d'air mutuelle, nos lèvres se détachèrent doucement, puis nos visages s'éloignèrent eux aussi lentement. Nous rouvrîmes les yeux simultanément et comme pour vérifier qu'il ne s'agissait pas d'un rêve Stelios me tapota l'épaule et nous rîmes à cœur d'enfant. C'était d'un côté si pur, si innocent et d'un autre si fort, si puissant. Mon ventre me faisait mal tant nos rires raisonnaient parmi les grains de sable, mais je fis un dernier effort pour murmurer en me couchant sur son torse :

- Si tu penses toujours être un monstre, alors sache que même les monstres rêvent d'amour.[1]

Les klaxons de la ville me réveillèrent brusquement, je m'étais endormie sur son torse, mon bras gauche entourait celui-ci jusqu'à rejoindre l'autre côté de ses côtes, mais à ce moment-là, ma main ne touchait plus que le sable humide d'une rude nuit. Les passants de la ville avaient déjà adopté leurs airs hautains et désagréables. Cette fin de

---

[1]   « Même les monstres rêvent d'amour » – Tsew The Kid, 2019. En réalité, le protagoniste correspondrait exactement à une phrase qu'a écrit Charles Baudelaire dans Le Spleen de Paris qui dit « ce monstre qui porte sur son visage la noirceur de son âme » mais la protagoniste lui rappelle justement le contraire.

mois automnal rendait le monde plus froid, plus dur et les habitants de Patras étaient déjà nostalgiques de l'été. Alors qu'ils se dirigeaient tous peu à peu vers leur travail, je me trouvais moi abandonnée sur la plage déserte. La joie dont était remplie mon corps, s'enivrait d'un seul coup d'une profonde honte, comment avait-il pu me laisser ainsi après cette nuit-là ?

Prenant peu à peu conscience de mon état, je me remémorais les souvenirs de la veille en essayant sans cesse de trouver le moment clé qui faisait que Stelios m'avait laissée seule sur cette plage sans me prévenir ni me laisser un mot. Quelle ironie du sort, nous avions parlé toute la soirée de Jane Eyre et il m'avait confié son admiration pour Monsieur Darcy, mais cela n'avait sans doute pas suffi à ce que ses actes équivalent aux siens. Depuis quand embrasser quelqu'un, désirer quelqu'un était devenu si douloureux ? Quand Monsieur Salpêtra me parlait l'année dernière de la peur d'aimer, faisait-il référence à cela ? Il avait dû avoir peur, comme toujours, et avait préféré fuir plutôt que d'en parler, il était lâche et le savait, mais ce qui me dérangeait le plus chez lui, c'est qu'il s'en faisait presque une fierté.

Je me dépêchais de me lever, prenais ma serviette, ramassais l'emballage carton du gâteau et m'empressais d'aller me doucher. Ce n'était pas de la tristesse que mon cœur appelait, mais de la colère, de la frustration, mon orgueil était tombé si bas.

Quand j'arrivais chez moi, ma mère me posait un tas de questions pour savoir où j'étais passée, elle aussi était en colère, elle aussi était en droit de l'être. Mais, je ne lui répondis que brièvement, lui mentant, lui cachant mon chagrin, la regardant à peine dans les yeux pour éviter qu'elle perçoive la haine dans mon regard. Celle qui m'avait donné la vie voyait dans mes yeux éteints, marqués par les cernes, à peine brillants, que je voulais être seule. Alors, elle n'insistait pas davantage et m'ordonnait d'aller prendre une douche ce que je fis. Vous savez ce que Charlie Chaplin disait, « j'aime marcher sous la pluie, car personne ne peut me voir pleurer ». Seulement, ma peau était irritée par le sel de la mer qui coulait sur mes joues, la mer était mon bonheur, mais ce matin-là, elle n'arrivait à m'offrir une once d'aubaine. C'était une sensation désagréable qui se propageait dans mon corps. Épouvante.

- Artémis ! Je peux te parler ? Me bousculait dans mes pensées Giovanni. Il était dimanche et après une longue semaine de travail, nous fêtions ensemble la fin de la première session d'examens, elle ne comptait en réalité que vingt pour cent de la note finale, mais elle était non négligeable, surtout pour moi. Chaque mois, l'université de Paris me demandait d'envoyer par courrier mes bulletins et m'appelait afin de s'assurer que ma motivation restait la même. Mon ami avait l'air tout excité à l'idée de me parler alors je lui rendis son sourire et lui fit signe qu'il pouvait commencer. Alors, commençait-il, pour contextualiser la chose, j'étais avec les autres pendant que tu te baignais avec Lasonas et j'ai entendu une sorte de conversation entre Illyna et Stelios. Cela ne me surprenait point, il était du genre à écouter les conversations des autres. Ils parlaient de toi, enfin Illyna posait des questions et Stelios tentait d'y répondre. Elle a essayé de savoir s'il s'était passé quelque chose entre vous depuis la semaine dernière car même si votre relation n'est pas la meilleure qui soit, jamais vos regards n'ont été aussi froids qu'aujourd'hui. Figure-toi que le salaud a répondu que c'était toi qui étais de mauvaise humeur et qu'il n'y pouvait rien. Il a rajouté en soufflant qu'il ne se passerait jamais rien entre vous, car vous êtes trop différents. Bien que je ne sois pas d'accord, vous avez selon moi beaucoup de points communs comme le manque de communication et l'appréhension, rajoutait-il en se moquant. Je le regardais soucieusement, ne laissant transparaître aucune émotion, j'attendais la fin de son discours pour choisir comment réagir. Enfin, si je te dis cela, c'est pour savoir la vérité. Quelle est ta version de l'histoire ? Parce que si avant, vous ne vous parliez plus, là nous sommes sur une dimension bien plus comique selon moi, c'est pesant et palpitant à la fois. Me narguait-il à nouveau.

- Je te répondrai pareil que lui. Il n'y a rien, seulement nous n'avons rien à nous dire pour le moment, mais ce n'est pas pour autant que cela doit causer une mauvaise ambiance dans le groupe, je suis ravie d'être ici avec vous et je suis certaine que lui aussi.

- Vous avez donc bien une différence en effet, lui ment bien. Se moquait-il de nouveau. Allez, s'il te plaît, dis-moi la vérité, tu sais comment je suis. Il avait raison, Giovanni était le seul garçon à qui je confiais tout, il avait été mon premier ami garçon et ma confiance en lui n'avait jamais reculé un seul instant.

- Mardi dernier, c'était son anniversaire.

- Je sais, me répondait-il d'un air qui disait vouloir en savoir plus.

- Il est venu me voir, nous sommes partis à la plage et nous avons passé la soirée ensemble. Voilà, c'est tout.

- Alors il dit vrai, vous ne vous êtes pas embrassés? Insistait-il contrairement à son habitude.

- Juste une fois. J'imagine que cela ne valait rien au vu de sa réaction. Il écarquilla ses yeux de manière à ce que je perçoive bien son état de choc. Ne me regarde pas ainsi. S'il te plaît.

- C'est juste que je savais que Stelios, lui, avait menti, mais je ne pensais pas à ce point. Tu sais, il n'est pas du genre à flirter, mais il l'a fait quelques fois tout de même ces dernières années, après tout, on a dix-neuf ans. Par contre, jamais il n'a nié ses aventures avec quelqu'un du groupe, pas même pour Vivian. Alors, je pense que si, votre baiser valait quelque chose.

- Oui, enfin il m'a tout de même laissée au beau milieu de la plage à sept heures du matin et je me suis réveillée sans nouvelle, lui avouais-je agacée.

- Tu sais, il peut être con. Vous devriez en parler, me conseillait-il.

- Giovanni, la communication n'est pas son fort, j'en ai marre d'essayer, je n'ai plus envie, clôturais-je la discussion en me levant pour partir. Alors que je me séchais les genoux avec la serviette pour enlever le sable qui s'était collé à mes cuisses, mon ami me demandait une dernière chose.

- As-tu aimé ?

- Oui.

Puis je me lançais vers la mer en courant. Elle et moi ne formions plus qu'un, la nuit, ma lumière se reflétait sur les rebords des vagues et le jour mon brouillard s'assoupissait délicatement dans son atmosphère, la mer était le calme, le sable était la colère, les vagues étaient la peur, l'écume était l'amour.

Chapitre 10

Trois mois avaient passés depuis cette nuit-là, je n'avais pas arrêté de travailler et mon dossier pour Paris était presque achevé, dès le mois d'août prochain, je devais rejoindre la capitale. Les frais à ma charge se limiteraient au billet d'avion et à une faible partie du loyer de l'appartement si mes résultats restaient bons. J'étais de plus en plus excitée à l'idée de partir d'ici. Jamais je n'aurai pensé cela un jour avant, mais mon pays m'oppressait, j'avais besoin d'un nouvel air, loin de ma famille, loin de tout. Mon cœur se fend à réentendre ces pensées. Mon père n'avait pas bu ce soir-là, pas encore, j'en profitais pour essayer de lui parler de Paris, je ne l'avais pas encore informé de ma décision, ma mère m'avait donné son accord, elle était presque fière de moi, seulement, elle était inquiète concernant le financement de mon départ. Je lui avais expliqué longuement tous les soirs ces derniers mois, les modalités, j'avais traduit tout un appel avec le consulat à ses côtés pour la rassurer. Cependant, mon père lui, ayant perdu la tête, je craignais sa réaction. Je m'avançais vers lui doucement, il était assis sur le canapé, les cernes rongeaient son visage chaque jour, un peu plus et son regard lui s'assombrissait.

- Papa, j'aimerais te parler pour l'année prochaine, cela fait longtemps que nous ne l'avons pas fait. Si ça ne te dérange pas, demandais-je prudemment. La table entre nous permettait d'installer une certaine distance. Il ne me répondit que par un faible hochement de tête et un murmure. Tu sais, je veux encore étudier l'économie, il y a une faculté qui m'intéresse. Elle propose un cursus avec du journalisme. Cela me plairait beaucoup.

- Bien. C'est où ? Lui qui parlait si bien avant me paraissait si familier dorénavant.

- Ne t'énerve pas, s'il te plaît.

- Je n'ai pas le temps pour ça, allez.

- À Paris. Mais j'ai tout prévu, cela fait des mois que je me renseigne et le dossier est quasiment bouclé, m'empressais-je de rajouter. Je peux tout t'expliquer si tu veux : l'école, le programme, la vie là-bas…

- Non, c'est bon, c'est bien, je suis content pour toi. Tu fais ce que tu veux tant que ça ne nous ruine pas, ta mère travaille dur et je dois me payer les bouteilles, l'alcool coûte cher depuis que ce gouvernement nous taxe.

- Bien sûr, j'ai le droit à des bourses au vu de notre situation, j'aurai juste besoin de payer un billet d'avion. Tu crois que ce serait possible ? Je peux aider avec les cours que je donne, mais je ne pense pas pouvoir le payer entièrement. Les prix sont autour de cent-cinquante drachmes.

- On verra, me dit-il en se raclant la gorge brutalement me faisant sursauter.

Il soufflait avant de me dire que cette discussion l'avait épuisé et se relevait du canapé difficilement, s'appuyant sur ses bras, et se dirigeait vers la cuisine. Il prit une bouteille de Rhum et attrapa un verre. Son manque d'hygiène faisait qu'il avait de nombreux vertiges et le verre s'écrasa sur le sol par manque d'équilibre.

- Merde ! Putain ! S'écria-t-il. Va me chercher un balai, m'ordonna-t-il.

Il restait autour des débris et reprit un autre verre. Je respectais son ordre sans broncher et allais chercher la pelle. Quand je revenais, il n'était plus là, il avait laissé la porte d'entrée ouverte et les éclats de verre au sol. Je passais de longues minutes à bien nettoyer le sol et quand j'eus finis, j'entendis ma mère rentrer. Elle me surprit en train de ramasser à la pelle les morceaux pour les jeter et me demanda ce que j'avais cassé. Je lui répondis que son mari l'avait fait et elle me regarda. Hélène, qui jamais ne montrait une once de colère paraissait si énervée.

- Il n'a pas le droit de te traiter comme cela Artémis, c'est ton père. Il jette le verre, il ramasse. Je ne le supporte plus, je n'y arrive plus, me disait-elle les larmes aux yeux.

- Je sais maman, je sais, je suis tellement désolée. Je la pris dans mes bras et elle n'hésita pas une seconde à fondre sur moi, elle était épuisée, usée par ses colères. L'alcool ne rongeait pas seulement le foie de mon père, mais également la vie de ma mère. Hélène, ce si beau prénom qui signifiait « éclats du soleil », était en train de devenir les pluies torrentielles d'avril.

- Ton père finira par nous tuer si tu ne pars pas. Tu dois partir à Paris, pour moi, me suppliait-elle.

- Je sais, mais je ne veux pas te laisser ici avec lui, il devient dangereux, tu t'en rends compte, n'est-ce pas ? La questionnais-je soucieuse de sa réponse.

- Il n'est pas dangereux, je t'interdis de dire cela, il reste mon mari, l'homme que j'ai juré d'aimer toute ma vie, il a seulement perdu le contrôle de la situation.

- Ah oui ? Perdu ? Et depuis combien de temps maman ? Depuis combien de temps ?! M'écriais-je folle de rage entendant ses propos démesurés. Il est complètement fou ! Moi aussi, j'aimerais te dire qu'il a seulement perdu les commandes, mais ce serait mentir, ce ne serait pas regarder la réalité telle qu'elle l'est. Papa est malade et ne guérira pas, je n'ai plus aucun espoir, il sombrera toujours dans l'alcool dorénavant et n'acceptera jamais l'aide de quiconque. Le fait de ne plus prendre soin de sa famille pendant des mois l'a anéanti au plus profond de lui-même et il en mourra de honte, si ce n'est pas d'alcool. »

Je reprenais ma respiration et calmement rajoutais qu'elle devait accepter de perdre la personne qu'elle aimait même si ce n'était pas à cause de la mort. Elle ne me répondait qu'en me desserrant comme si elle n'avait pas la force de me contredire, jamais elle ne souhaitait oublier l'homme qu'elle avait aimé.

Une semaine plus tard, ce fut le jour de trop, celui que j'aurais aimé ne jamais connaître. Je venais de passer une affreuse journée pleine d'examens, un entretien avec le directeur de l'institut pour mes vœux de l'année prochaine, qui d'ailleurs n'avait cessé de rabaisser et éteindre ma volonté. Il m'avait dit que cela était risqué, que je ne parlais que quelques mots de français, que le niveau d'étude en France était bien plus difficile qu'ici, enfin tout, pour me faire regretter ma décision.

En rentrant, sur le chemin, j'apercevais au bout de la rue un regard qui m'était connu et avant même de m'approcher un peu plus de celui-ci, je tournais vers une ruelle qui rejoignait par un autre chemin ma rue. En y repensant, encore une fois mon comportement manquait de maturité, j'aurais dû aller le voir, lui demander comment il allait, mais après tout, je savais qu'il aurait fait de même si je ne l'avais pas fait.

À peine je poussais la porte d'entrée générale de l'immeuble que j'entendis des pas lourds qui se dirigeaient vers moi, je relevais mes yeux et vis le visage de mon père flouté par la maladresse de sa course. Ses yeux traduisaient une angoisse étouffante et son souffle une peur immense. Il courait, passant de palier en palier devant mes yeux, apparaissant et disparaissant à nouveau, trébuchant et se relevant par ivresse. Mon souffle lui aussi devenait saccadé mais pensant qu'il s'agissait encore une fois de ses hallucinations dues à sa folie, je décidais de monter l'aider, pour la dernière fois. Arrivant à sa hauteur, proche de la porte d'entrée par laquelle j'étais arrivée, je vis du sang sur son coude. À force, j'en étais devenue habituée. Déshumanisée. En prenant du courage, j'essayais de le relever en enroulant sa main sur mon épaule, mais son poids rendait l'action bien plus difficile que je ne l'avais imaginée. Alors que j'arrivais enfin à faire ce que je voulais, il me repoussa violemment.

- Mais c'est quoi ton problème au juste ? M'écriais-je en colère, j'allais finir par exploser.

Il ne me répondit pas ni m'adressa un regard, au contraire, il s'échappa vers la porte en courant avant de la claquer brusquement et de s'enfuir.

Je craignais le pire. Pas une seconde ne s'était passée et j'étais déjà en train de monter à bout de force l'escalier pour atteindre mon appartement. Arrivée en haut, j'ouvris la porte et devant mes yeux se trouvait ma mère, en sang, son front était une véritable cascade de rage, elle expirait à peine, vivant ses derniers instants. Je me jetais sur elle en pleurs sans savoir quoi faire, elle m'avait pourtant prévenue qu'elle y laisserait la peau. Elle devait mourir évidemment, je le savais, mais pas à ce moment-là, pas ici. J'avais encore besoin d'une mère. Je recouvrais son corps de mes vêtements et appuyais de toutes mes forces sur son front pour arrêter le sang de couler mais rien n'y faisait, Hélène était devant moi en train de s'éteindre. L'étoile n'était plus qu'un tas de poussières noires et sombres.

Mes cris de douleur interpellèrent le voisin qui accourut, choqué, il s'empressait d'appeler les secours, je fis un dernier effort pour le supplier de ne pas le faire, sachant qui était coupable de cet acte, et lui mentis en lui disant que ma mère s'était suicidée. Je venais de commettre, sans m'en rendre compte, la même erreur que lui. Ce mensonge était terrible, non pas dans le sens de la crédibilité mais dans la moralité, comment avais-je pu la réduire à cela ? À une mort voulue, à une mort qui paraît lâche. Elle, qui était si courageuse, n'aurait jamais fait cela, mais pour défendre mon père, je devais mentir. L'état de l'homme à mes côtés semblait être bien plus grave que le mien alors je lui dis que j'appellerai les secours moi-même dès qu'il partirait et que j'avais besoin d'être seule. À vrai dire, celui-ci avait l'air d'être aussi dépassé par mes propos que par le corps devant lui, mais il n'insistait pas et partait aussitôt.

Après une heure assise auprès d'elle à implorer le Ciel, son retour et son aide. Après une heure de remords de ne pas lui avoir assez dit à quel point je tenais à elle, à quel point je la remerciais pour tous ses sacrifices, je me résolus finalement à appeler les secours. J'allais à l'épicerie d'en bas et demandais le téléphone au commerçant. Il me le tendit rapidement remarquant mon air inquiet que j'essayais pourtant de cacher. Les pompiers ayant décroché, je racontais encore une fois le même mensonge en attendant leur arrivée.

Chez moi, ils emballèrent son corps comme s'il s'agissait d'un animal et prirent mon numéro pour me tenir au courant des funérailles. Comment pouvaient-ils être si cru dans leurs mots ? Ne voyaient-ils pas devant eux une enfant qui venait de perdre son guide ? Ils partirent laissant l'appartement aussi vide que mon âme.

Ce soir-là, mon père ne revint pas, ni le lendemain ni le surlendemain encore. Je me trouvais seule dans cette pièce dont les murs me donnaient l'envie d'hurler. Il s'était passé maintenant trois jours depuis sa mort et la mairie était venue à ma porte pour me faire signer un papier vérifiant et prouvant sa mort. Le corps ne leur suffisait pas sans doute. Ils m'indiquèrent que son corps était gardé au froid en attendant dimanche pour l'enterrement, mais qu'ils ne procéderaient pas à une autopsie par manque d'argent. Ils prirent aussi la peine de me dire que je devais aller voir le notaire au plus vite pour gérer les biens. Quelle ironie, nous n'avions plus rien. Et alors que j'envoyais, la gorge nouée et les yeux humides des lettres à mon ancien professeur et à Suzanne en espérant les voir dimanche, je sentis comme le besoin de lui écrire. Alors, j'écrivis cette lettre et allai la mettre aussitôt dans sa boîte aux lettres.

5 mars 1986

Stelios,

C'est Artémis. Je sais bien que notre relation est ambiguë et j'imagine que tu ne veux sans doute même plus m'adresser la parole. Cependant, écoute-moi, je t'en prie. Je ne te demande pas de me parler, seulement de venir dimanche à dix heures au Cimetière de la Ville. Ma mère est morte, tu ne la connais pas, je sais, tu dois penser que cette demande est ridicule, mais elle aurait aimé que je ne sois pas seule dans ce moment-là, à vrai dire, elle aurait aimé que je ne le vive jamais, mais la vie est faite ainsi, n'est-ce pas ? Tu l'as dit toi-même, il n'y a aucune raison d'être heureux. J'espère te voir afin que ta présence me donne le courage de fermer sa tombe.

Ce fut le dernier jour que je la vis. Je m'étais habillée en robe noire, simple, j'avais écrit un discours la veille et me dirigeais, seule, vers le cimetière. Mon père n'était pas encore revenu et je commençais à croire qu'il ne le ferait jamais alors en ouvrant le portail du cimetière, je pris une grande inspiration et repensais à nous une dernière fois. Il était tôt, la cérémonie n'était prévue qu'à dix heures et je m'étais rendue sur les lieux quelque temps avant afin de voir dans quel endroit ma mère reposerait. Je ne doute pas une seule seconde qu'elle n'aurait pas aimé reposer ici, elle aurait voulu être enterrée à Killini, son village de cœur. Mais au contraire dans quelques heures, ses cendres allaient être enfouies dans une ville dont elle ne connaissait que le nom. Alors que j'étais dans mes pensées, accroupie sur une tombe inconnue, j'entendis une vieille voix résonner derrière moi.

- Ma chère Artémis, cela fait longtemps maintenant, tu as bien grandi, me surprit Monsieur Salpêtra en s'approchant de moi. J'oubliais un instant la raison de sa venue et m'avançais pour le serrer dans mes bras. Il comprit vite le besoin que j'avais de me sentir aimée et ses bras autour de moi me rappelèrent la chance que j'avais d'avoir un ami comme lui. Alors qu'il se détachait, je pris la parole.

- Merci d'être venu Monsieur. Vous ne pouvez pas savoir à quel point c'est important pour moi que vous soyez là.

- Je sais ma petite. Tu as traversé un tas de choses depuis ton départ, mais la mort d'une mère est sans doute le plus difficile, me confiait-il en soutenant son regard sur le mien. Je ne resterai que pour l'enterrement, ma femme m'attend pour le dîner, elle non plus ne doit pas être seule, rajoutait-il. Comment te sens-tu ?

- Je ne sais pas. Vide, est-ce possible ?

- Bien sûr. C'est tout à fait normal et seul le temps comblera ce vide – me disait-il d'un ton sage – cependant, n'oublie pas que jamais ce vide ne se comblera entièrement. Attendons-nous quelqu'un ? Orion ? Me demandait-il curieusement comme pour changer de sujet.

- Mon père ne viendra sans doute pas, répondis-je sèchement. Une amie va arriver dans peu de temps et un autre viendra peut-être aussi. C'est à dire qu'Hélène ne connaissait personne ici, elle devait se sentir terriblement seule, les voisins ici ne parlent pas autant qu'à la campagne, rajoutais-je en mimant un faible sourire.

- Bien. En effet. Alors allons-y. Je crois voir ton amie là-bas, brunette n'est-ce pas ?

- Exact.

Nous nous avancions vers elle et à peine nous arrivâmes qu'elle se jeta dans mes bras en s'excusant comme si elle était la coupable de cette mort. La façon dont elle dramatisait cette scène me donnait l'impression d'une certaine irréalité, comme s'il s'agissait d'un rêve et cela m'était d'autant plus douloureux car ça ne l'était pas. Elle m'offrit de nombreuses fois ses condoléances ainsi qu'un bouquet que son père, maire de la ville, avait soigneusement fait préparer par le meilleur fleuriste de la ville. Illyna était le genre de personne à retenir tous les minces détails de ce qu'on lui disait et j'avais sans doute dû lui confier la passion de ma mère pour les fleurs.

Après un échange sans peu de conviction de ma part bien que je m'efforçais d'être aimable, je présentais brièvement mon professeur à mon amie même si les deux avaient entendu parler de l'un et de l'autre. Le prêtre arriva et nous proposa de rentrer à l'intérieur, l'homme qui donnait l'accès au Ciel à ma mère avait l'air d'être un homme bien, sincère, il donnait l'impression de respecter les principes de la religion et cela me rassurait. Je ne voulais pas qu'un inconnu perverti ou corrompu enterre une femme aussi belle et pure que ma mère.

- Bien, commençons. Nous n'attendons personne, je me trompe ? Demanda-t-il poliment.

- Non. Lui répondit mon professeur de la même façon voyant que je n'avais pas la force de répondre à sa question.

- Parfait, allons-y.

Pourquoi parlait-il comme s'il s'agissait d'une randonnée, d'aller voir un coucher de soleil sur la plage ? Devant moi, cet homme s'apprêtait à enterrer ma mère et j'avais pourtant l'impression qu'il célébrait un baptême. Il commença à parler, à lire la bible, mais je ne parvenais pas à l'écouter, à me concentrer. J'avais perdu tout espoir de le voir arriver dans le funérarium et voir ses yeux qui ressemblaient tant à ceux d'Hélène. Lorsqu'il finit son éloge d'une femme qu'il ne connaissait pas, je sentis un petit coup d'épaule de mon amie qui m'indiquait que c'était à mon tour de parler. Mon père aurait dû faire ce discours comme il lui avait promis, mais encore une fois, il avait fui.

Je me levai difficilement, déboussolée par la scène et me dirigeai vers l'autel pour y déposer les fleurs sur son cercueil. Je cherchai un papier dans ma poche en jean et le dépliai. J'allai commencer à lire et levant mon regard pour regarder la ridicule foule devant moi, je me rendis compte qu'il était là, au fond, assis sur un banc, vêtu de noir, le regard bas, signe d'humilité. Il comprit que je l'avais remarqué alors il m'offrit un signe de tête afin de me donner la force que je lui avais tant demandée dans ma lettre. Je pris une grande respiration et entamai mon discours.

- Je ne suis pas vraiment douée pour parler et je regrette que la première fois que je le fasse soit pour le décès de ma mère. Je ne parlerai que très peu en son nom, car elle détestait cela, je vais plutôt vous décrire comment cette femme était aux yeux de tous et comment elle rendait le monde meilleur. Je ne crois pas que ma mère croyait en un quelconque Dieu, ni religion, alors lire la Bible lui aurait paru absurde. Hélène aurait aimé voir plus de gens dans cette pièce, elle aimait parler aux inconnus dans la rue, elle aimait discuter de cuisine avec les voisins, elle adorait rire aux larmes avec ses amies à Killini. Elle était une véritable commère et voulait savoir tout à propos de tout le monde et cela faisait beaucoup rire les passants. Le sourire de mon professeur confirmait mes propos. Si elle était là aujourd'hui, je pourrai vous garantir qu'elle vous aurait tous invité à déjeuner à la maison après l'enterrement. Elle vous aurait fait des feuilletés à la moussaka et servi de l'Ouzo toute l'après-midi, rétorquais-je en souriant en repensant au bon temps dans notre petit village. Je repris mes esprits et continuai de lire. Avant notre arrivée ici, jamais je n'avais vu ma mère pleurer, elle était un véritable rayon de lumière qui éblouissait le monde. Son sourire était si précieux pour moi qu'encore maintenant, je pourrai décrire chaque recoin de ses lèvres. Hélène aimait la vie simple, elle n'avait pas eu la chance d'en vivre une autre à vrai dire. Et, si je vous force à l'admirer, c'est parce que cette femme a tout sacrifié pour mon bonheur et je ne lui serai jamais assez reconnaissante pour cela. Nous sommes aujourd'hui dans une chapelle, Dieu nous regarde et je peux vous jurer sans peur que ma mère mérite plus que n'importe qui, que Dieu lui ouvre les portes du paradis. Elle a aimé chaque personne qu'elle a rencontrée, et même ici dans une ville qui lui était inconnue, a fait preuve d'un courage et d'une force que personne ne pourrait avoir. Elle avait du mal à lire, ne savait pas calculer comme Euclide, certes, mais elle avait la force de Bia, le physique d'Aphrodite, l'intelligence et la sagesse d'Athéna. Ma mère était tout, elle n'était pas seulement une femme qui avait donné la vie, elle avait compris ce que c'était que de la vivre. Tout ceux qui l'ont rencontrée ne l'oublieront jamais je n'en doute pas, encore moins moi. Les larmes me montaient aux yeux, nous nous approchions de la phase où son corps se retrouverait sous terre et je ne pouvais l'accepter. Maman, je te le dis une dernière fois, tu es la femme la plus forte que je connaisse, jamais je n'ai eu honte de toi et souhaite suivre tes pas jusqu'à ce que je te retrouve. Je ne te l'ai pas assez dit maman, mais je t'aime.

Je finis à peine mes derniers mots tant la douleur m'était grande, mes poumons manquaient d'air et je voyais à peine mes trois proches devant moi, floutée par la mer de larmes qui coulait sur mes joues. Mon professeur et mon amie pleuraient, ils se mouchaient simultanément et Stelios lui était livide, il me fixait. Cependant, ses yeux avaient l'air d'être humides, avait-il été touché par mes paroles ?

Le prêtre me demandait si je souhaitais voir ma mère une ultime fois avant de faire disparaitre le cercueil sous terre et je lui répondis que oui. Il demandait alors aux autres de quitter la pièce, sans même savoir si l'un d'eux souhaitait aussi la voir. Ils s'exécutèrent sans rien dire et m'attendirent devant la porte. Le prêtre ouvrit le cercueil et je découvris son visage si beau mais si pâle.

- Je vous laisse lui faire votre dernier adieu. Puis il partit.

Je m'approchais de son corps et y déposais d'autres fleurs, toutes colorées, sur ses cheveux et ses bras. À mes yeux, à ce moment-là, elle me paraissait à peine morte, j'avais espoir qu'elle se réveille.

- Maman, je te demande tellement pardon. Pardon. Tu ne méritais pas cela, je n'aurais jamais dû te laisser avec lui seule. Je pleurais si faiblement, je reprenais ma respiration en caressant sa main. Il n'est pas venu aujourd'hui, je pensais qu'il serait venu, je lui avais laissé un mot sur la table du salon, je pense qu'il ne reviendra pas, c'est une bonne chose après tout non ? Je sais que nous l'aimions, il était pour toutes les deux l'image de l'homme idéal, mais il faut accepter que l'homme que nous aimions n'est plus le même homme qui t'a planté un couteau en pleine tempe, disais-je avec brutalité. Je ne me vengerai pas, pour toi, car si cela ne tenait qu'à moi, je l'aurai déjà fait. Je te promets de te rendre fière maman, et n'oublie pas, ce n'est qu'une longue nuit, nous nous retrouverons au réveil et nous déjeunerons au bord de la mer comme au bon vieux temps. Bonne nuit. » Je déposais un baiser noble sur son front et fermais le cercueil.

Je pris mon gilet qui était sur le banc en bois et me dirigeai vers la porte. Là-bas, monsieur Salpêtra m'attendait, le regard plein d'empathie, sa compassion réchauffait mon cœur gelé. Mon amie me prit une dernière fois dans les bras me chuchotant qu'elle viendrait me voir tous les jours si besoin et je l'en remerciai. Elle m'informait qu'elle avait promis à son chauffeur de l'aider à raccompagner mon professeur vers la gare alors je lui dis au revoir une dernière fois avant de la laisser partir.

- Au revoir Artémis, n'oublie pas que tu es la bienvenue chez nous à n'importe quel moment. Ma femme et moi serons ravis de t'accueillir. Je ne veux plus que tu me considères comme ton professeur, mais comme un ami dorénavant. Si la mort d'une mère est le premier chagrin que l'on pleure sans elle, alors je veux que pour les prochains, tu les pleures avec moi, me demandait-il avec le sourire.

- C'était déjà le cas depuis bien longtemps, croyez-moi.

- Tu sais, quand j'ai étudié à Athènes plus jeune, un professeur m'avait parlé de Jean Jaurès, un socialiste français, il avait dit que le courage était d'aimer la vie et de regarder la mort avec un regard tranquille. Tu y réfléchiras quand tu voudras. Cette phrase a changé ma perception de la vie, j'espère qu'elle fera de même pour toi un jour, me proposait-il. Il était si cultivé et connaissait tous les grands hommes du monde. Sa sagesse était si belle et si rare. Il partit aussitôt en me saluant une dernière fois.

Je me retrouvais seule face à Stelios, cette fois, sans possibilité d'ignorer sa présence. Il ne disait rien, sans doute, il osait à peine plonger son regard dans le mien. Je ne m'approchais pas, je n'avais pas la force, mais je pris la peine de le remercier, car je le pensais sincèrement.

- Merci d'être venu.

Il ne me répondit pas, au lieu de cela, ses yeux se plantèrent dans les miens et nous nous regardâmes longtemps. Ils avaient l'air de dire pardon comme s'il me présentait ses sincères condoléances, son regard était aussi vide que mon corps depuis sa mort. Malgré cette ambiance que d'autres décriraient comme pesante, je ne ressentais aucun malaise. Près de lui, il n'y avait pas besoin de mots pour comprendre qu'il partageait ma peine. Je voyais bien qu'il mourait d'envie de me questionner sur la cause de son décès, je savais bien qu'il ne croyait pas une seule des phrases que j'avais dites au policier et même à mes amis. Stelios avait le don de reconnaître mes mensonges, il lisait en moi comme dans un livre ouvert, cela m'effrayait et pour le meilleur ou peut-être le pire, je ne pensais pas qu'il imaginait une seconde le meurtre de mon père.

Nous restions de longues minutes à ne rien dire, il savait que sa simple présence suffisait. Enfin, je lui fis un signe comme quoi je m'apprêtais à repartir chez moi, je ne tenais plus, je voulais crier, je mourais de peur à l'idée de croiser mon père sur le retour ou pire, allongé sur le canapé de notre salon, celui où son poing s'était enfoncé dans son corps, comme si rien ne c'était passé. Et, alors que je me retournais pour partir après un faible signe de tête, feignant de bien me porter, il attrapa rapidement mon poignet

- Attends, je te raccompagne.

Nous marchâmes longtemps dans le silence le plus profond. Quand nous arrivâmes chez moi, il me sourit comme la première fois mais cette fois-ci, c'était un sourire rempli de pitié, je détestais cela alors je lui fis comprendre en déviant mon regard. Il me demandait si je me sentais en danger d'un air inquiet et je lui mentis en lui répondant que non, que tout allait bien. Quelle idiotie d'avoir tant menti, même s'il ne croyait aucun de mes mensonges, lui dire la vérité aurait tant facilité les choses.

- Très bien alors, je vais y aller, tu sais où je suis si besoin. Il prenait soin de moi comme si j'étais le pétale d'une rose alors qu'en réalité, j'étais l'épine.

- Merci, pour tout. Je finissais à peine ma phrase que je me jetais dans ses bras naturellement, en pleurs, ayant un mal de ventre insoutenable tant ma douleur était grande. Ma respiration était saccadée et ma gorge nouée, ma voix ne parvenait pas à parler, elle hoquetait presque d'instabilité. La lune ne brillait plus, l'éclipse s'était installée dans l'atmosphère de la terre, le soleil la protégeait.

- Tu ne devrais pas pleurer. Je suis certain qu'elle est très heureuse là où elle est, essayait-il de me rassurer en remettant mes cheveux humidifiés par mes larmes derrière mes oreilles.

- Je ne me suis jamais sentie aussi seule Stelios, avouais-je finalement morte de peur. Je suis complètement perdue, je ne sais plus ce que je veux faire, ce que je suis.

- Ne pas savoir qui tu es, est parfois quelque chose de bien. Tu peux devenir qui tu veux. Tu es libre. Il essayait de trouver le positif partout où je n'y arrivais pas, jamais il ne l'avait fait jusque là et malgré mon état, je me rappelle avoir été touchée par ses efforts. Il prit ma tête entre ses mains et me fixa. Tu es bien plus forte que ce que tu ne le crois, Artémis, balançait-il d'un ton sec. Je pris une dernière bouffée d'air, reprenant mes esprits et osai lui demander un dernier service.

- Peux-tu rester aujourd'hui ? Je lui demandais cela sans le regarder dans les yeux tant mon orgueil était bas, mais j'avais tellement besoin d'une présence de lumière dans une journée aussi sombre. Je me sentais si vide que j'espérais combler mon âme s'il restait.

- Bien sûr. Allez, viens, on monte.

Il me laissa passer, ouvrit la porte d'entrée et nous découvrîmes l'appartement aussi vide que quand je l'avais quitté quelques heures auparavant. Je lui offris un verre d'eau et il insistait pour que j'en boive un aussi. Après deux ou trois gorgées, je l'invitais dans ma chambre. Je n'avais pas honte de lui montrer la maison bien qu'elle soit proche du délabrement et complètement sens dessus dessous n'ayant pas eu le courage de la ranger avant. Stelios n'était pas seulement dans la même situation que moi, il détestait aussi le jugement, il me l'avait confié sur la plage un soir, je sais que jamais il n'aurait osé faire une remarque sur quoi que ce soit. J'ouvris la porte de ma chambre et il me suivit, confiant, mais respectueux. Je déposais mon sac sur le bord de mon lit et le regardais. Il observait ma petite bibliothèque, il avait l'air inspiré. Jane Eyre, Sanditon, Oliver Twist, évidemment Camus, tous étaient connus, mais il avait l'air de confirmer mes goûts. Il en choisit un, presque au hasard puis me montrait fièrement la première de couverture Des Misérables en faisant sans doute référence à notre discussion d'il y a un an chez Angelo.

- Tu devrais te reposer, tu as vu ta tête ? Ironisait-il la situation pour détendre l'atmosphère.

- Je ne te permets pas ! Lui répondis-je en mimant une tape sur ses épaules. J'avais oublié un instant mon malheur, il avait réussi à me faire rire alors que je n'y croyais même pas.

- Non, plus sérieusement. Dors, je reste ici, je veille sur toi, me disait-il bienveillant avant de rajouter. Cette fois-ci je reste, c'est promis.

Ce rajout était comme une excuse qu'il voulait m'avouer depuis très longtemps. Je sais qu'il n'avait pas eu le courage de dire les mots exacts, mais cela me suffisait, je voyais qu'il regrettait sa fuite. Ma fatigue était vraiment grande, il avait raison alors je n'insistais pas par fierté. Je me couchais et il repliait la couverture sur mes jambes tout en ouvrant la première page du roman. Son geste, qui était si doux, m'apaisait, proche de lui, cette nuit-là, je me sentais bien à ses côtés, oubliant presque le néant que ma mère avait creusé après son départ.

Chapitre 11

Mai 1986, deux mois étaient passés depuis son départ, je commençais à peine à m'habituer à son absence, le jour où le fossoyeur avait creusé sa tombe, il venait aussi de le faire en moi. J'étais loin d'avoir fait mon deuil, mais mon amie me forçait à sortir les fins de semaine pour penser à autre chose. Elle m'avait fait passer une fin de mois de mars plutôt agréable, nous avions dansé lors de la fête nationale, le vingt-cinq mars dernier, jusqu'au bout de la nuit. Elle avait pris mon bras et m'avait fait tourner d'innombrables fois jusqu'à ce que je lui demande à bout de souffle et la tête tournante d'arrêter. J'avais passé une bonne soirée. Giovanni et Lasonas eux aussi me soutenaient ces dernières semaines, ils demandaient alternativement souvent des cours à des filles de ma classe qu'ils avaient draguées la veille. Même si je continuais d'aller en cours, parce qu'elle aurait détesté que je n'y aille plus, ma concentration n'était plus la même qu'avant. Cela me faisait beaucoup rire et je ne culpabilisais en rien qu'ils se servent de ces filles car après tout, l'année dernière, c'était à moi qu'on demandait des notes.

Bien que les gens qu'on aime ne meurent jamais réellement, j'avais entendu dire qu'il existait plusieurs étapes dans le deuil et pour le mieux sans doute j'avais vécu les trois premières d'un même coup. Le choc, quand j'avais découvert sa peau en sang, le déni, quand mon voisin avait débarqué chez moi, et enfin, la colère quand j'avais compris que mon père était le coupable. À mon égard, je pense que l'étape de la tristesse c'était plutôt traduite par un vide et un manque de goût à la vie, je commençais à peine à le retrouver et je pensais qu'en réalité cela ne disparaîtrait jamais comme me l'avait confié monsieur Salpêtra. Enfin, l'oubli, je ne voulais pas y penser, l'accepter oui, l'oublier non.

Mon dossier pour Paris était enfin fini, il était dix-heures environ quand je passais un dernier appel pour finaliser la location de mon appartement, il était minuscule selon le propriétaire, environ onze mètres carrés, les toilettes et la douche étaient sur le palier mais le prix était correct, c'était le seul que je pouvais payer, quatre-cent drachmes par mois. Eau et électricité compris, selon l'homme au téléphone, c'était une véritable trouvaille pour la capitale, je voulais bien le croire. Mes notes n'avaient pas tant chuté ces derniers mois alors l'État me proposait tous les mois une bourse de deux-cents drachmes, ainsi, il me suffirait d'en trouver deux-cents autres chaque mois. En y repensant, c'était une situation de rêve, quelle chance j'avais eue.

Mon père n'était revenu que trois fois depuis l'événement, une fois, je l'avais croisé, j'avais senti son odeur à travers la porte entrouverte de ma chambre. Je m'étais dépêchée de me lever, le cœur battant, et de fermer la porte à clé.

- Je t'interdis de me fuir ! Je suis ton père ! M'avait-il crié de colère. Je n'en revenais pas, un véritable père aurait-il lâchement pris la fuite après avoir tué la mère de sa fille ?

Les deux autres fois, j'avais deviné son retour seulement à l'état de l'appartement quand je rentrais de classe. Il avait dû passer dans l'après-midi, comme si revenir lui faisait penser à elle. C'était horrible de le voir ainsi, j'avais l'impression qu'elle lui manquait et je lui en voulais terriblement pour cela, c'était inhumain de continuer d'aimer quelqu'un qu'on avait tué. Je le détestais au plus profond de mon âme, mais je me détestais encore plus de ne pas lui en vouloir assez pour le dénoncer.

Stelios devait passer aujourd'hui. Nous nous étions revus depuis la journée de l'enterrement assez souvent, je pense même, sans une quelconque méchanceté pour les autres, qu'il avait été celui qui m'avait le plus aidée. Sans le savoir, il amenait chaque jour un nouveau rayon de soleil. Il était une nouvelle étoile, il venait de remplacer le soleil, mon soleil. Il venait de sonner et n'ayant pas d'interphone, je me dépêchais de le rejoindre en bas, ne pouvant m'empêcher de sourire. Je l'avais pardonné, lui et son comportement de lâche de décembre dernier. Il s'était excusé, mais surtout avait tenu sa promesse de rester. Je m'étais réveillée vers vingt heures, avant de partir voir le coucher de soleil, près de lui et il était toujours assis à la même place avec un autre livre à la main. Nous ne nous étions pas embrassés, même si j'en mourrais d'envie, nous n'avions pas encore parlé d'ailleurs de cette nuit-là comme si elle n'avait existé, mais tous deux savions qu'il faudrait le faire à un moment donné.

- Bonjour madame ! Me saluait-il ironiquement avec un accent français maladroit. Je lui souriais en échange et lui demandais ce qui l'amenait ici, si tard un dimanche soir. Il ne me répondait pas et me demandait de le suivre. Ma confiance en lui était si grande que je le fis sans hésiter.

Nous marchions vers un endroit de la ville où j'avais peu souvent l'habitude de m'aventurer, l'ancien Patras, la ville romaine, datant de l'empire Ottoman. Après avoir marché une trentaine de minutes à rire aux larmes et discuté du quotidien, nous arrivions dans une ruelle qui menait vers une grande place éclairée par d'immenses lampadaires. Nous étions sur la place du théâtre Dimotiko Apollon.

- Comment as-tu su ? Je lui demandais les yeux brillants tant mon enthousiasme était grand, je n'avais pas ressenti ce sentiment de pur bonheur depuis si longtemps qu'il me semblait presque étrange.

- Je ne sais pas, peut-être que ton amie Suzanne me l'a dit quand elle est venue ici. Fièrement, en voyant que sa surprise m'avait rendu heureuse ne serait-ce qu'un instant, il riait.

- Merci. J'en ai rêvé tant de fois.

- J'imagine. Allez, on va être en retard, m'encourageait-il en m'offrant un billet, nous allons voir Manon Lescaut en opéra, j'espère que je n'ai pas mal choisi.

- Non, c'est parfait, le coupais-je.

Je m'inquiétais un instant ne sachant combien cela avait dû lui coûter, je culpabilisais. Il n'était pas plus riche que moi mais pourtant, il n'avait pas hésité une seconde à m'amener là-bas. Je décidais d'enlever cette arrière-pensée et profitais du moment présent. Il ne le savait pas, mais Stelios me rendait si heureuse.

Nous avions passé une soirée parfaite, il ne m'avait pas adressé la parole une seule fois tout au long de la représentation, complètement absorbé par les voix des chanteurs et leur tragique histoire d'amour. Jamais je n'aurai pensé que ce genre d'histoire lui plaise, mais finalement, il m'avait expliqué comment l'auteur avait décrit une société pervertie par l'argent et je retrouvais alors le jeune homme que je connaissais. Il me confiait aussi qu'il écoutait cet opéra déjà très jeune avec sa grand-mère et que le partager avec moi lui rappelait de bons souvenirs. Il me racontait tout cela le sourire aux lèvres comme s'il était nostalgique de cette époque, j'aurais pu l'entendre parler des heures de son passé ou même de ses journées quotidiennes tant cela était rare. Près de moi, il laissait tomber son masque et n'essayait pas d'être l'homme dur et fort qu'il s'était juré d'être.

Les examens finaux commençant dans quelques jours, nous rentrions chez moi avec des vélos abandonnés que nous avions trouvés sur le coin d'un trottoir, je n'avais pas osé les prendre, mais il avait insisté tel un enfant qui rêvait d'en faire depuis longtemps. Nous riions avec nos cœurs innocents en traversant les rues à une allure folle, la musique d'un bar coupa nos rires un instant, alors nous nous arrêtâmes danser puis nous reprîmes notre chemin comme s'il n'y avait ni voiture, ni lendemain. Aussitôt arrivés chez moi, nous nous saluâmes de façon assez distante, mais une grande tension régnait, je le sentais, lui aussi. Et, alors qu'il se retournait pendant que je le remerciais une dernière fois pour cette soirée, j'attrapai son bras maladroitement et son regard plongea dans le mien. L'intensité était telle que mon corps frissonnait de tous les côtés, je n'eus pas le temps de lui demander pardon, gênée, qu'il attrapa ma joue délicatement et déposa ses lèvres sur les miennes. Un pic d'électricité se propageait en moi comme s'il venait de raviver toute l'énergie que j'avais perdue depuis des mois. Il me regardait et nous sourions simultanément tout en fusionnant nos lèvres encore et encore. C'était sauvage mais doux, c'était haine et passion, lâcheté et bravoure.

Les examens finaux s'étaient déroulés comme prévu, rien d'original ni d'inattendu n'avait bousculé mon emploi du temps et j'avais pu passer la semaine à un rythme maîtrisé. Mes premières évaluations étaient les plus importantes et plus les jours passaient, même si nous réussissions, plus la fatigue se faisait sentir. Je commençais le lundi matin par de l'arithmétique suivi par de la macro-économie, puis le lendemain s'enchaînaient la littérature grecque et la philosophie. Le mercredi était le jour de repos alors j'en profitais pour aller à la plage en ce début d'avril. Le vent était fraîchement doux et les vagues assez sombres, éclairées par les faibles rayons de soleil qui transperçaient l'atmosphère. Je regardais le ciel en pensant à ma mère, le printemps était sa saison favorite, celle quand les fleurs renaissaient et les peurs s'évaporaient. C'était à ce moment-là qu'elle sortait dans le jardin et sonnait chez les voisins pour leur offrir un pain aux céréales qu'elle avait fait elle-même. En revenant, elle embrassait un chat assis sur la bordure de notre clôture. Son visage n'arrivait pas à sortir de ma tête, je ne voulais pas l'oublier, et dès que je me retrouvais seule, elle réapparaissait comme pour dire qu'elle regrettait sa mort. Je sais bien qu'après la tristesse et la colère, vient l'acceptation, mais en réalité, en public, je mentais, je ne pouvais pas l'accepter, pas de cette façon. Ce qui m'avait le plus agacée, quand j'avais dix-huit ans à l'époque, c'était l'innocence de mon père. Depuis une semaine, il rentrait chaque semaine, buvant comme si sa maladie n'avait pas déjà causé assez de torts, il me saluait parfois d'un coup de main puis partait se coucher. Je ne doute pas qu'aujourd'hui, il soit allé lui rendre visite, peut-être même prier sur sa tombe, mais lorsqu'il était encore un monstre, jamais il ne m'avait montré un signe de pitié, d'ennui ou de pardon. Je n'avais pas eu la force de lui demander pourquoi il avait fait cela, s'il le regrettait, après tout, il ne m'aurait pas répondu, n'est-ce pas ?

Enfin, il ne manquait que deux jours avant la fin du lycée et mon rêve s'approchait à grands pas. Il ne s'agissait plus que de quelques mois.

- Bonjour Mademoiselle Kosta, je me présente, je suis Madame Fournier. Je vous appelle à propos de votre candidature à l'université de Paris Sorbonne, je suis professeur de droit institutionnel. N'ayez crainte, rien de grave, nous appelons tous nos élèves étrangers pour en savoir plus sur leurs motivations et peut-être pouvoir mieux les aider lors de leur arrivée. J'étais assez surprise par cet appel, il devait être assez tard, je ne pensais pas que les Français travaillaient à cette heure-là.

- Oui, bonjour, c'est bien moi – je crois que j'avais rarement été aussi heureuse depuis longtemps de parler à un adulte qui se souciait de moi – je suis contente d'entendre ces nouvelles, répondais-je enthousiaste.

- Plaisir partagé alors. Voulez-vous que nous échangions en anglais, c'est peut-être plus facile pour vous, proposait-elle aimablement.

- En effet oui, cela me faciliterait la tâche, lui répondais-je avec un sourire qui certainement s'entendait à travers ma voix tremblante. Je dois parler de mes motivations qui m'amènent à venir étudier à Paris alors ? Demandais-je douteuse.

- Non, pour simplifier la chose, je vous poserai des questions et vous y répondrez, tout simplement. Ça ne durera que quelques minutes.

- Parfait. Je commençais légèrement à craindre les questions qu'elle me poserait, mais je préférais me

128

montrer sereine. Dans le milieu dans lequel je m'engageais, j'avais lu qu'il fallait paraître confiante pour ne pas être une proie.

- Très bien, commençons – déclarait-elle d'un ton décidé – comment avez-vous eu l'idée de venir en France faire vos études, et encore plus précisément à Paris ? Avez-vous de la famille ? Quelqu'un sur qui vous pouvez compter ? Je ne m'attendais en aucun cas à ce genre de questions, mais improvisais rapidement une réponse.

- Non, pas vraiment, je ne connais personne là-bas, mais c'est justement cela qui me pousse à venir, j'ai envie de découvrir et de sortir de ma zone de confort. J'avais honte, je devais paraître superficielle. Cette réponse avait déjà dû être donnée par les vingt derniers étudiants qu'elle avait appelés, et pourtant, elle était l'unique qui me permettait de ne pas dire que je voulais à tout prix partir de Grèce. Loin d'un père alcoolique avec une mort sur la conscience. Je décidais tout de même d'être sincère sur un point en lui racontant que j'avais vécu dans un petit village près de Patras et que cherchant un avenir où la ville joue un rôle déterminant, je me devais de déménager. Elle avait l'air, contrairement à ce que je pensais, d'accepter cette réponse et me demandait alors ce que je voulais faire plus tard. Cette fois-ci, j'avais une réponse, celle que je connaissais depuis si longtemps, elle était évidente. J'aime écrire, alors je voudrais travailler dans le journalisme et étant passionnée d'économie, je voudrais me spécialiser dans ce domaine. Je sais que dans tous les cas, il me faudra beaucoup de volonté, la rassurais-je pour ne pas avoir l'air de trop rêver.

- Je vois, vous avez donc choisi le bon chemin pour l'instant, mais connaissez-vous ce milieu ? Un membre de votre famille est-il haut placé ? Je ne comprenais pas bien ce qu'elle sous-entendait mais je compris à cet instant que venir d'une famille populaire et défavorisée allait être un obstacle. Par exemple, avez-vous déjà fait un stage chez un journaliste, un avocat, dans une banque ? Plus l'entretien avançait, plus la dame était froide.

- Oui. J'ai fait un stage à Patras, dans une antenne de l'ambassade grecque avec une conseillère économique. Sinon, aucun membre de ma famille ne travaille dans ce milieu, mais la plupart des parents de mes amis sont maires, banquiers et autres métiers du genre. Je m'informe auprès d'eux pour en savoir plus sur le milieu, mais je ne doute pas avoir encore beaucoup à découvrir.

- Bien. Donc vous ne connaissez rien de ce milieu ? Avez-vous une idée de l'atmosphère de celui-ci ? Lu des articles ? Si je devais vous donner un conseil, Mademoiselle Kosta, n'idéalisez pas ce milieu, cela pourrait être dangereux. Ne vous offrez point une image des politiciens et diplomates avant d'en être une vous-même peut-être un jour ; la naïveté dans ce genre de métier vous tuera. Je frémissais à cette idée, j'avais tellement d'espoirs basés sur cet avenir, je devais absolument réussir afin d'être heureuse. N'ayant pas de réponse de ma part, le silence plombant toutes les lignes téléphoniques du monde, la professeur reprit la parole d'une voix plus douce, plus posée. Au fond, elle ne voulait que m'aider, m'éviter de plonger, on lui avait sans doute demandé de mentir comme tous les autres, mais elle avait fait le choix d'être sincère et aujourd'hui, je l'en remercie. Je m'excuse de vous demander cela, mais je suis obligée de suivre le protocole, combien mesurez-vous ?

- Et bien, je mesure environ un mètre soixante-trois, je pense – balbutiais-je surprise par cette question de mon point de vue impertinente – je ne me suis pas mesurée récemment.

- Très bien, et pour quel poids ?

- Cinquante-cinq kilos, je suppose peut-être un peu moins. Répondais-je frustrée de sa demande.

- Nous sommes obligés de vous poser ces questions, sincèrement, si ça ne tenait qu'à moi, je ne le ferai pas. C'est honteux, nous sommes bien d'accord sur ce point. J'imagine vous avoir déjà offert un avant-goût du monde journalistique, mais ce n'est pas tout. Dans ce genre de milieu, il ne s'agit pas seulement d'avoir de bonnes relations, connaître des gens puissants ou encore avoir de l'expérience et de l'argent. Madame Fournier m'expliquait tout cela si calmement qu'on aurait dit qu'elle avait presque appris par cœur un discours écrit par une autre personne bêtement. Cette autre personne était la société, et à cette pensée , je me rappelais un instant de ce que Stelios m'avait dit, il m'avait prévenue en premier, il était si intelligent, si peu naïf, c'était l'exemple parfait d'un homme qui aurait réussi dans ce monde s'il le voulait. Le milieu de l'économie gouverne le monde et pour un mal ou un bien, je ne suis pas ici pour le juger, il y a des critères qui n'évoluent pas. Nous avons beau être à la fin du vingtième siècle, l'apparence reste privilégiée pour convaincre, parfois manipuler les auditeurs. Regardez une femme négocier un article, un passage à la télé, si elle est belle et douée, elle y parviendra certainement. Maintenant, prenez une femme enrobée, tachetée de boutons, habillée simplement et vous l'entendrez peut-être à la radio mais jamais ne la verrez sur le grand écran. C'est simple, si vous plaisez aux autres, vous réussirez, sinon, je vous donne mon plus sincère courage. C'est triste, affirmait-elle.

- Oui, répondais-je froidement. D'autant plus que les critères de beauté sont tellement différents quand nous changeons de pays ou même de régions. En Grèce, une femme tachetée de boutons, comme vous dites, sans impolitesse, serait vénérée.

- Là est le problème, les professionnels du milieu se retrouvent perdus et ne savent plus qui ils sont après quinze ans de carrière, après avoir changé leur personnalité dix fois au cours de leurs voyages et entrevues. À force de vouloir rentrer dans toutes ces cases, on finit par sortir du jeu. Elle parlait presque comme un sage, elle me faisait parfois penser à Monsieur Salpêtra alors je souriais.

- J'ai compris. Nous pouvons continuer.

- Je vois, vous êtes déterminée. De toute façon, ne vous inquiétez pas, vous n'êtes pas prête d'y être, ce monde peut encore changer et il le fera, si vous voulez mon avis. C'est bien n'oubliez jamais cette volonté que vous avez, pas celle qu'on vous proposera. Il ne reste que très peu de questions, ne vous en faites pas. Avez-vous une autre idée de métier que vous aimeriez faire après vos études en France, avec une double licence économie journalisme, beaucoup de choix s'offrent à vous. Avez-vous pensé à l'un d'entre eux si vous ne réussissez pas ou si vous changez de vision ?

- Pas vraiment, je le ferai sans doute naturellement en découvrant votre pays, répondais-je doucement en souriant pour ne pas paraître confuse. Cet appel me faisait réaliser que je n'étais pas encore prête.

- Très bien, je vous pose une dernière question, car nous n'avons pas reçu dans tous vos papiers celui sur la vaccination. Êtes-vous à jour de tous vos vaccins ?

- Oui, mentais-je. Il ne me manquait qu'un vaccin, je ne sais plus lequel, mais un seul, le gouvernement progressait de jour en jour dans le système de santé pour les espaces ruraux comme Killini et bientôt les vaccins obligatoires au sein de l'Union Européenne seraient gratuits pour les familles précaires comme la mienne. En attendant, je n'avais pas assez d'argent pour cela. Je devais lui montrer que j'étais de bonne famille car selon elle, l'argent était un pouvoir et selon moi, il l'était aussi, alors je m'offrais ce pouvoir fictif.

- Parfait, vous nous donnerez cela en arrivant alors. L'entretien est terminé, merci pour votre patience. C'était très bien, j'ai un seul conseil à vous donner, essayez de parler plus naturellement, c'était à la mode il y a vingt ans de parler comme vous le faites, aujourd'hui, en France du moins, les gens préfèrent un langage plus naturel, moins soutenu, cela fait moins coincé. Je me sentais assez vexée par cette remarque alors que je m'efforçais justement d'utiliser un langage juste, mais je lui répondais en riant que je la remerciais. Au revoir Mademoiselle Kosta, nous nous croiserons sans doute dans les couloirs dans moins de deux mois !

Cette dame avait vraiment été franche, peut-être même trop ou peut-être pas assez. Enfin, l'appel n'avait duré que dix minutes mais j'avais l'impression d'avoir pris une douche glaciale. C'est vrai, j'étais candide, il ne manquait plus que deux mois.

Chapitre 12

Nous étions déjà en vacances, contrairement aux années précédentes, celle-ci était passée si vite, les examens s'étaient déroulés à une allure folle et nous n'avions presque pas assez profité de cette dernière année de lycée. Le dernier jour de classe, nos professeurs nous avaient jeté de l'eau dessus et nous avions dansé toute la journée, c'était un souvenir inoubliable. J'aurais aimé qu'il soit là pour comprendre que l'école n'avait pas que des mauvais côtés, qu'elle créait aussi de bons moments. Giovanni m'avait lancé une énorme bassine d'eau gelée sur la tête et après avoir frissonnée de froid un instant, je m'étais jetée sur lui à mon tour avec un ballon de baudruche rempli d'eau. Nous étions tous majeurs, tous adultes, mais encore aujourd'hui, je peux entendre résonner nos rires d'enfants quand je repasse devant la cour du bâtiment.

Tous les soirs, nous allions au rocher profiter de nos derniers instants tous ensemble, nous sautions et quand nos têtes touchaient presque le soleil, nous remontions alors au bord et jouions au tarot jusqu'à ce que nous ne puissions plus voir les cartes, la nuit étant tombée. Nous allumions alors une ou deux bougies, de quoi voir nos visages sourire et quand les garçons ouvraient une bouteille de vin rouge, je préparais près de Illyna des tartines de pain à la tomate et à la feta. Ces moments-là étaient un pur bonheur et je regrettais presque mon départ, je savais qu'ils me manqueraient et qu'en revenant, tout le monde aurait changé. Après avoir fini de dîner, Lasonas racontait une histoire d'horreur ridicule qui nous fit mal au ventre tellement nous riions, et naturellement Stelios enroulait son bras autour de moi alors je me laissais faire et posais ma tête sur lui. Les regards de nos amis n'étaient pas surpris, seulement, une lueur d'espoir retentissait dans leur pupille. La première nuit, Giovanni avait crié «oui ! Enfin, j'ai gagné mon pari ! » , nous avions tous ri encore et Stelios m'embrassait la joue comme pour dire aux autres qu'il ne voulait pas réduire notre relation à un pari. Nous n'officialisions pas, ce n'était pas sa manière de faire et je ne connaissais pas encore la mienne, nous agissions comme bon nous semblait, nous nous aimions, c'est certain. Chaque soir, alors que nous finissions de saluer tout le monde, nous allions emprunter un film à la bibliothèque publique de la ville, nous rentrions chez lui en vélo, puis nous le regardions, parfois, après une scène triste, nous nous embrassions et faisions l'amour tendrement avant de reprendre ce que nous étions en train de regarder. Nous ne combattions plus le monde ensemble et cela était si rare et si cher.

Enfin, nous étions heureux, nous étions ensemble et rien que cela aurait suffi mais en plus, tous avions eu les études que nous voulions. Giovanni partait à Athènes étudier l'astrophysique, Illyna avait préféré rester ici pour être proche de sa famille et pouvoir voir son petit-ami et sa grand-mère malade quand elle le souhaitait, elle était très attachée à eux et nous la respections, presque admirions son choix. Elle avait choisi une licence de biologie marine. Lasonas, lui, était comme moi, il partait étudier la littérature classique à Florence, en Italie, il avait un peu de famille là-bas alors il en profitait. Stelios l'avait encouragé en lui disant que l'Italie était le pays parfait du *Carpe Diem* et que les italiens avaient une culture magnifique. Il témoignait de cela sans doute grâce aux livres qu'il avait lus, et il avait raison, l'Italie est un pays fabuleux plein d'Histoire et de joie. C'est ainsi que le début du mois de juillet était passé à une allure folle et il ne manquait que dix jours à peine avant mon départ. Nous profitions de chaque instant, jour comme nuit, avant que nos chemins ne se séparent.

Je dormais chez moi paisiblement, cette nuit-là était bien moins chaude que les dernières et nous ne pouvions qu'apprécier ces températures. J'avais fini de lire un ouvrage de Marx avant de m'endormir et mon sommeil était donc parfait, reposant et calme. La plage m'usait très vite bien qu'elle était un plaisir. Ma peau demandait de l'obscurité alors je décidais de dormir une longue nuit de sommeil. J'éteignais mon réveil que j'avais l'habitude de mettre et fermais mes volets après avoir laissé l'air frais de l'été aérer ma chambre, afin de ne pas entendre les cloches le lendemain.

Je fermais les yeux, le sourire aux lèvres, heureuse d'avoir retrouvé un peu de calme, je croyais bien être arrivée à l'étape de l'acceptation. Cependant, il était à peine huit heures quand j'entendis du bruit dans le salon, ce n'était pas mon père, car celui-ci se couchait si tard qu'il ne se levait pas avant treize heures, son rythme de vie traduisait son hygiène. Je me levais, contrariée, pour voir ce qui se passait, je devais encore être légèrement endormie, analysant l'allure de ma marche. Et quand j'arrivais dans le salon, je vis deux policiers en train de fouiller et retourner la maison. Paniquée, je compris vite ce qui se passait, il n'y avait qu'un secret qui pouvait être condamnable ici et je savais qui ils cherchaient.

- Bonjour mademoiselle, vous-êtes bien de la famille de Monsieur Kosta ? Demandait le policier calmement. Je n'eus pas le temps de confirmer ses propos que j'entendis mon père répondre à ma place.

- Lui-même. Que voulez-vous ?

Je le regardais en le priant de me laisser faire mais il détournait son regard. Les policiers se dirigèrent vers lui, un attrapa son épaule droite, l'autre, ses poignets. Je n'étais pas même surprise par la situation, je ne bougeais plus, je m'étais promis de ne plus me battre pour lui alors je le regardais sans une once de pitié.

- Vous êtes en état d'arrestation pour le meurtre de votre épouse, Madame Kosta. Veuillez-nous suivre s'il vous plaît. Suivez nos ordres, ce sera plus agréable pour nous comme pour vous, croyez-moi.

Les méthodes policières de l'époque étaient évidemment moins douces que celles d'aujourd'hui alors ils serrèrent brutalement les menottes et le poussèrent vers la porte d'entrée. Frustrée qu'ils ne m'adressent même pas un regard, je baissais les yeux au sol comme pour y trouver le reflet de ses yeux. Deux secondes après, alors que je relevais mon visage, ils étaient partis ; cette fois oui, c'était le vide absolu. Je ne savais pas quoi faire, à qui parler, où aller, devais-je le rejoindre en pleurs à la prison comme toute fille l'aurait fait pour son père ? Je ne savais plus quoi faire, il y avait tant de choses à penser, mais je n'arrivais à en trier aucune parmi celles-ci. Alors, je décidais de partir auprès de l'unique personne qui pouvait me ressourcer, et je détestais cela, la dépendance, car en réalité, c'était comme me rapprocher de mon père, de connaître cette sensation. Je pleurais, mais mes larmes n'étaient pas de tristesse – la vérité aurait forcément éclaté –, elles étaient frustration et incompréhension, car très peu de personnes ici savaient ce qu'il s'était passé, le voisin avait vu la scène, certes, mais rien ne pouvait lui faire imaginer que mon père était coupable du meurtre.

Arrivée chez Stelios, je m'empressais de sonner à la porte, j'aurais pu ouvrir directement et me jeter vers lui, mais cela lui prouverait que j'avais perdu tout contrôle de la situation et je ne le voulais pas. J'entendais des pas venir vers moi, alors, j'essuyais très vite mes larmes avec ma chemise et reprenais ma respiration.
- Oh, bonjour Angelo – souriais-je, évidemment, il ne vit pas seul ici, malgré tout, j'étais soulagée de le voir aussi – comment vas-tu ?
- Très bien, merci ! Et toi ?
- Je suis contente de l'entendre, le coupais-je. Sais-tu où se trouve ton frère ?
- Il est dans sa chambre, au fond du salon à droite, hésitait-il une seconde. Je le remerciais et partais d'un pas pressé vers la direction indiquée, comme si je ne la connaissais pas.
Quand j'arrivais devant sa porte, je toquais par politesse. Il mit un certain temps à se lever, mais il finit par m'ouvrir. Je vis la surprise dans son regard et une incompréhension dans ses yeux apparut face à mon pitoyable état mais il ne posa pas de questions et me laissa rentrer en se poussant observant mes yeux rougis par les larmes. Il ne s'approcha pas de moi pour m'embrasser, il allait seulement chercher un verre d'eau et me demanda ce qu'il s'était passé. Je ne savais pas comment commencer, Stelios était le genre d'homme à s'énerver très facilement dans ce genre de situation, il avait un sang-froid impressionnant la plupart du temps, mais dans ces moments là, sa colère prenait le dessus sur son contrôle.

- Mon père… mon père, c'est lui qui a tué ma mère, je ne l'ai dit à personne car cela n'aurait servi à rien. Il détournait le regard comme pour nier ce que je disais, mais il s'approchait vers moi comme pour me dire de continuer, qu'il écoutait, qu'il était là. C'était en décembre, je suis rentrée une après-midi et je l'ai trouvée sur le canapé, en sang, j'ai pleuré toutes les larmes de mon corps et fait croire à tout le monde que c'était un suicide. Comme toi, j'ai fait la même erreur que toi, je ne suis qu'une imbécile, tu m'avais pourtant prévenue et j'ai refait la même erreur, la même. Il ne s'excusait pas et je l'en remerciais pour cela.

- Merci de me l'avoir dit et de me faire confiance. Veux-tu continuer à en parler ? On peut juste rester ensemble tranquillement si tu ne te sens pas prête, me demandait-il si respectueusement.

- Oui, le problème n'est plus là. J'ai fait mon deuil, enfin, je crois. Stelios, mon père vient d'être arrêté par la police, il est déjà, à l'heure où je te parle derrière les barreaux, je ne sais pas quoi faire – je commençais à paniquer, à perdre le contrôle à mon tour – crois-tu, essayais-je plusieurs fois, crois-tu que je suis complice du meurtre pour avoir menti ?

- Non. Enfin, je ne pense pas, enfin oui peut-être. Putain, merde, mais pourquoi as-tu menti Artémis, cela aurait été tellement plus simple, me disait-il en me rangeant les cheveux derrière l'oreille comme il avait l'habitude de le faire, c'était pour lui un signe d'affection, mais cette fois-ci ses mots m'avaient contrariée.

- Comment peux-tu dire que cela aurait été plus simple Stelios ? Il ne s'agit pas d'un inconnu dont on parle, il s'agit de mon père ! Tu aurais eu le courage, toi peut-être de dire devant des inconnus, qui représentent la loi, que ton propre père a tué celle qui t'a donné la vie et tout offert juste parce qu'il n'a pas su arrêter de boire quand il le fallait. Je reprenais ma respiration et continuais. Mon père a toujours été un homme bien et à ce moment-là, je n'avais pas encore accepté qu'il ne l'était plus. Bien sûr que je regrette d'avoir menti, mais que voulais-tu que je fasse ? J'avais tellement peur que mon cœur allait exploser.

- Je m'excuse, tu as raison, je ne peux pas comprendre ce que c'est que de recevoir l'amour d'un père, je n'aurais pas dû dire cela. Il me prit dans ses bras et je collais ma tête contre son torse un instant, lui et moi manquions tellement de communication à l'époque qu'on en oubliait souvent nos points communs et nous nous battions seulement contre nos différences.

- Qui a bien pu le dénoncer Stelios ? Je ne l'ai dit à personne, les volets étaient à moitié fermés lorsque je suis rentrée, personne n'a pu voir la scène. J'essayais de comprendre qui, mais il ne répondait pas à ma question, ce n'était pas dans ses habitudes alors j'insistais de nouveau. As-tu une idée toi, qui ?

- À quoi cela servirait-il de le savoir ? Me questionnait-il comme si mes doutes étaient ridicules. Que ferais-tu sincèrement ? Te venger de cette personne ? Te morfondre encore plus ?

- Non, non – balbutiais-je même s'il avait en partie raison, c'est juste que j'ai besoin de tout savoir sinon je ne pourrai oublier.

- Il ne faut pas oublier. Quand on tue quelqu'un sans raison, on doit être puni Artémis, c'est plus qu'une loi d'État, c'est une loi de vie, c'est triste à dire, mais tu devrais presque remercier la personne qui a dénoncé ton père, elle a eu le courage que tu n'as pas eu et ce n'est pas grave du tout de ne pas l'avoir eu, c'est humain, s'empressait-il de rajouter.

Et c'est à cet instant que je compris. Je relevais ma tête de son torse et le forçais à me regarder dans les yeux. Il ne détournait pas son regard, mais il mentait, très mal. Ma bouche tremblait et les larmes me montèrent aux yeux, ma tête sans même que je m'en rende compte mimait des « non » de désespoir, ce ne pouvait pas être vrai.

- Tu, commençais-je, enfin, tu as toi-même tué ton père, pourquoi ? M'écriais-je à bout de force, ma voix cassée tremblait. Tu ne peux pas dénoncer un acte que tu as toi-même commis !

- Laisse-moi t'expliquer s'il te plaît, je t'en supplie. Assieds-toi, s'il te plaît. S'il te plaît, me priait-il alors que je me trouvais maintenant à l'opposé de sa chambre, loin de lui. Je me sentis alors trahie par l'unique personne en qui j'avais confiance, il venait de me planter un couteau dans le dos et je ne l'avais pas senti.

- Quand ?! Quand est-ce que tu l'as dénoncé ? Ça fait longtemps que tu me regardes dans les yeux et m'embrasses en me mentant ? Hein ?! Réponds-moi ! Lui criais-je en tirant sa chemise vers ma poitrine, mon regard planté dans le sien, alors que mon crâne me faisait mal tant ma colère était forte.

- Je ne sais pas, je ne m'en rappelle plus exactement, peut-être trois semaines après l'enterrement. Je suis désolé, je voulais faire les choses bien, je pensais t'aider, tu mérites mieux que cette vie à ses côtés, tu es intelligente, tu le sais, je ne voulais pas que tu rentres chaque soir chez toi en ayant peur de le croiser, cela aurait été invivable. Et

141

puis, ne compare pas mon père au tien, m'ordonnait-il honteux.

- Pourtant, c'est la même histoire, mêmes personnages, mêmes monstres, terminais-je la discussion en regardant ses fabuleux yeux noirs pour la dernière fois sans doute.

- Ne me regarde pas ainsi, je t'en supplie. Regarde-moi comme la première fois, me suppliait-il comme s'il s'agissait d'un enfant.

Je ne pris pas le temps d'écouter encore ses excuses, bien qu'elles paraissaient sincères et je fermai la porte doucement traduisant mon immense peine. Encore aujourd'hui, je ne suis pas certaine, mais à travers cette porte qui nous séparait, je crus entendre l'homme au cœur de glace sangloté en murmurant un « je t'aime » qui jamais ne m'aurait paru véritable.

Lorsque j'arrivais vers la porte d'entrée à nouveau, Angelo était là, je ne doute pas qu'il eût entendu la discussion alors je me mettais à genoux face à lui et m'excusais en essayant de ne pas lui montrer mes larmes. Il se jeta sur moi et entoura ses bras autour de mes côtes. Il n'était qu'un enfant pourtant. Je le serrais à mon tour très fort et m'excusais tant de fois. Il rangeait mes mèches de cheveux comme son frère avait l'habitude de le faire et cela me donnait la force de lui adresser la parole avant de partir.

- N'oublie jamais que tu es intelligent, tu es formidable. Je pris sa tête entre mes mains, et lui dis qu'il réussirait tout ce qu'il entreprendrait. Je le pensais sincèrement. Ton frère, ton frère, repris-je, est un frère que tout enfant aimerait avoir, un ami que tout le monde rêve de trouver, et un amour que personne ne souhaite oublier. Il a fait des erreurs, mais j'en ai commis aussi, ne lui en veux pas.

Prends soin de lui, de toi aussi. Je suis fière de toi. Je finis cette phrase en l'embrassant sur le front. Il ne répondit pas, mais je savais ce qu'il pensait. Je fouillais une seconde dans mon sac et sortais un livre. Je lui tendis pour le lui offrir.

- L'étranger, d'Albert Camus ! S'exclamait-il. Merci. Tu es la seule qui a cru en moi quand tout le monde me pensait stupide.

- Oui, tu vas voir, ce roman bouleversera ta vision de la vie. Passe me voir à Paris un jour, ma porte te sera toujours ouverte. Je lui fis un signe de la main et ouvris la porte d'entrée avant de disparaître dans la ruelle ombragée.

Mi-juillet, Monsieur Salpêtra m'avait écrit pour me demander de passer chez lui avant mon départ alors je me préparais pour aller vers la gare. Les trains durant l'été en Grèce, ne coûtaient presque rien alors j'avais décidé d'y aller ainsi. Depuis l'arrestation de mon père et ma dispute avec Stelios, je n'avais vu personne, mes amis étaient partis en vacances avec leur famille et je me retrouvais donc seule constamment. Alors, ce jour-là fût le premier où je m'habillais convenablement, je me sentais mieux. J'avais enfilé mon pantalon en lin blanc et un haut bleu marine affinant ma taille, je mis rapidement mes chaussures ouvertes que m'avait offertes Illyna et partis.

Dans le train, beaucoup de touristes s'exclamaient devant le bleu de la mer, le soleil frappait si fort que le bleu se réfléchissait sur les vitres. Des enfants riaient. Je pouvais distinguer facilement les touristes des locaux, les uns étaient émerveillés par le paysage, les autres le regardaient de façon plus simple, moins belle, comme si à force de l'admirer, il était devenu plus gris.

Lorsque j'arrivais à la minuscule gare de Killini, j'étais soulagée. Son air, ses habitants, son allure, enfin tout, tout m'avait tellement manqué. Tout avait changé depuis mon départ de chez moi, mais Killini, lui, restait le même village, c'était calme, apaisant. J'étais chez moi, dans ma maison. Le train était arrivé à l'heure alors j'en profitais pour aller faire un tour au port, là où j'avais l'habitude d'être avec mon père. Je savais qu'aller là-bas me ferait mal, évidemment, mais je voulais tant revivre ces images. Je m'avançais vers la jetée et le vent chatouillait mon visage, je souriais bêtement sans même m'en rendre compte et je voyais alors les gens autour de moi faire de même. Killini rassemblait le bonheur et la joie. Je restais un peu moins d'une heure assise au bord de l'eau à entendre les vagues taper contre les parois artificielles que le maire avait installées, puis décidais de rejoindre mon professeur ainsi que son épouse.

Là-bas, je fus accueillie comme je l'imaginais, il n'y avait plus cette distance entre nous que la loi imposait, il s'agissait désormais d'un ami et non plus d'un enseignant, enfin, en réalité si, il s'agissait d'un ami qui m'enseignait beaucoup sur la vie. Sa femme bien que malade aussi, m'embrassa et me confia qu'elle était heureuse de me revoir après avoir tant entendu parler de moi depuis deux ans. Je leur souriais en retour en leur répondant que j'étais ravie d'être revenue ici et de les revoir enfin. Nous nous installions à table et mangions une fabuleuse moussaka cuisinée par le traiteur du village. Nous riions et parlions longtemps jusqu'à ce que le temps nous rattrape et me rappelle que mon train partait bientôt. Alors, je le remerciais une dernière fois pour tout, lui écrivais l'adresse de mon appartement à Paris et lui demandais de me donner de ses nouvelles, en lui promettant de faire de même.

30 juillet 1986

Ma Chère Artémis,

Je t'écris cette carte d'Antibes. Je passe d'excellentes vacances ici auprès de mes parents et mes cousins, toute la famille est réunie. Le soleil brille autant que chez nous alors nous allons tous les jours nous baigner à la plage, l'eau est bonne ! Hier, j'ai eu la chance de visiter Biot, un super village loin de la ville. Je suis aussi allée avec mon oncle pêcher, j'ai pu observer des fabuleux poissons, je suis maintenant certaine que travailler dans la biologie marine me plaira !

Nikolas devrait venir nous rejoindre demain pour passer une semaine et ainsi rencontrer mes grands-parents. J'ai hâte de lui montrer notre maison. Je suis certaine qu'il va s'entendre à merveille avec ma grand-mère.

Enfin, j'espère que de ton côté, tout est prêt pour ton départ ; mon père m'a dit qu'on retournerait sans doute sur la côte d'Azur au mois de décembre, peut-être que nous pourrions nous voir là-bas. En étant dans le même pays, cela facilitera les choses. Cela me peine de ne pas pouvoir t'accompagner à l'aéroport le jour de ton départ, mais prends cette carte avec toi, je vais la parfumer, ainsi, tu auras mon odeur près de toi jusqu'à ton arrivée dans la capitale.

En espérant te revoir très vite,
Affectueusement,
Illyna Papoulos

Deux août, mon avion était assez tard dans l'après-midi alors, au lieu de dormir plus longtemps, j'avais décidé d'aller à la prison de Patras afin de le voir, peut-être même essayer de lui parler avant mon départ. Il était évident que jamais je ne lui aurai dit que le garçon dont j'étais amoureuse l'avait dénoncé et envoyé en prison, j'avais seulement quelque chose d'important à lui dire et je ne voulais pas partir avec des regrets.

J'arrivais vers la prison en début d'après-midi, je ne m'étais jamais aventurée dans ce quartier-là de la ville, il était tout aussi sombre que le nôtre, c'est évident, mais ce qui se cachait derrière était beaucoup plus miséreux. Je pensais vivre dans un quartier pauvre avec notre appartement délabré, mais en réalité lorsque je vis cela, je fus directement surprise par la qualité de mon logement. Non seulement les bâtiments étaient sales, mais il y avait des mendiants dans la rue, des enfants âgés d'à peine trois ans assis seuls sur un banc rouillé, des murs tagués, des vitres cassées. C'était un tout autre monde. Je trouvais un panneau indiquant la prison alors je le suivais, quelques minutes après, j'y étais. Je me concentrais pour ne point paraître mal à l'aise ou même peureuse et j'ouvrais la porte. Je tombais alors sur un homme, âgé d'environ soixante-ans, avec un chat sur les genoux derrière une vitre, ce devait être le gardien.

- Bonjour, disais-je, mon père est ici depuis environ trois semaines, est-ce possible de le voir ?
- Son nom s'il vous plaît.

146

- Kosta. Orion Kosta.

- Bien. Il est en effet, autorisé à recevoir une visite par mois, vous êtes la première alors allez-y. Seulement, les horaires de visite ont changé. Attendez une trentaine de minutes ici et vous pourrez rentrer.

- Bien merci.

Cet homme ne devait sûrement pas aimer son travail pour être d'une telle amabilité. Puis je pensais, une seule visite par mois, c'est peu. Il va se sentir seul, lui qui avait pris l'habitude de traîner avec d'autres hommes dans la rue. À vrai dire, c'était sans doute mieux, Monsieur Salpêtra m'avait dit un jour que la solitude rendait sage. Enfin, en attendant, je me fis la réflexion que j'arriverais peut-être à avoir une véritable discussion avec mon père, non pas que je voulais lui pardonner pour ses actes, mais au moins entendre sa version, comment il se sentait. Après de longues minutes à attendre, le gardien me fit signe de l'accompagner alors je le suivais dans le couloir, dans un profond silence.

- Kosta a une visite. Amène-le au parloir, ordonna le gardien en me pointant avec sa tête.

Je vis alors le visage de mon père, abattu par la fatigue sans doute, il devait très mal dormir ici. On lui prit alors les deux bras pour le menotter et l'amener vers la salle que l'on m'avait indiquée. Il m'avait vue et je crus un instant apercevoir une lueur d'espoir dans ses yeux, comme s'il était content de me voir. Ici, il ne buvait pas, cela devait être difficile pour un malade comme lui, mais au moins, il avait une chance d'aller mieux. Je rentrais dans la salle et le saluais de la tête, il essaya de se lever marquant un signe de respect, comme nous avions l'habitude de le faire

147

avant mais les deux gardiens autour de nous le repoussèrent vers sa chaise. Je n'aimais pas voir cela.

- Papa. Comment vas-tu ? Demandais-je ingénument ne sachant pas comment commencer notre discussion.

- Est-ce toi qui m'as dénoncé Artémis, pour le meurtre d'Hélène ? Entendre le prénom de ma mère dans ses lèvres me fendit le cœur, je suis certaine qu'il le regrettait tellement.

- Non. C'était la pure vérité après tout.

- Ah oui ?! Et qui d'autre alors ? Hein ? Qui d'autre ma fille ?

- Je ne sais pas. Un silence s'installait entre nous, s'il n'y avait pas eu les gardes et s'il avait bu, il m'aurait sûrement frappée. Après un long moment, je vis que notre entrevue était chronométrée alors je repris de la force et parlai. Pour notre appartement, j'aimerais le vendre. Je pars vivre à Paris, comme je te l'ai dit, et maman n'est plus là, et toi, toi tu as une longue peine , on le sait, un meurtre, c'est au moins six ans. Je pense qu'il comprenait ce que j'essayais de lui dire alors je continuais tant qu'il me laissait parler. Je pourrai le faire toute seule, cela serait vite fait et ainsi, nous aurions un peu d'argent de côté, nous n'en avons jamais eu, il est peut-être temps d'y penser, non ? Qu'en penses-tu ? Je ne ferai rien sans ton accord ne t'inquiète pas, tu as acheté cet appartement, il te revient.

- Je suis d'accord, vends-le. Nous n'en ferons rien de toute façon. Je suis ici à vie sans doute.

- Je ne pense pas, mais d'accord, merci. La situation était plutôt calme, cela faisait longtemps que ce n'était pas arrivé. Regrettes-tu ?

- Regretter quoi ? Demandait-il comme s'il était innocent ce qui me mit en colère rapidement.

- Tout papa. Maman, moi, l'alcool... insistais-je courageusement.

Il prit du temps pour me répondre bien qu'il connaissait la réponse, il regrettait ses actes, mais il finit par me regarder dans les yeux, enfin. Le bleu était revenu.

- Évidemment. Il ne passe pas un jour depuis la première fois où j'ai posé ma main sur toi sans que je n'y pense Artémis. Je le détestais, il arrivait malgré tout à me faire de la peine, je me sentais à nouveau faible, à nouveau hors de contrôle. Sais-tu ce que c'est que de tout faire pour que sa famille soit heureuse et qu'un incendie détruise tout? Je suis mauvais, je n'ai pas su être un bon père ni un bon mari. J'ai cassé tout ce que j'ai touché pendant deux ans, ta mère et toi subissaient tous mes caprices. Je suis mort de honte, c'est un véritable scandale. Je ne peux être fier d'être grec si j'ai tué ma femme. Dieu ne me le pardonnera jamais, tu m'entends ? Jamais. Il pleurait. Sais-tu comment je le sais ? Depuis ce jour-là, je prie tous les jours pour demander son pardon, mais il ne me répond plus, c'est comme s'il m'avait oublié. Sans Dieu, je ne suis rien. Il est le seul à pouvoir pardonner aux hommes, y compris les plus vicieux, et il a fait le choix de ne pas le faire, alors oui, je suis un homme mort.

Ses mots me touchèrent au plus profond de mon âme, mais je ne le montrais pas, je le laissais pleurer devant moi en profitant du spectacle qu'il m'avait lui même infligé tant de fois. Il était mon père, mais il restait un meurtrier, et plus jamais je ne l'appellerai papa.

- C'est vrai, mais tu iras mieux et Dieu finit toujours par pardonner, c'est toi-même qui me l'avait dit quand j'étais petite.

Le gardien m'indiquait qu'il ne me restait que deux minutes alors, je le regardais de manière à ce qu'il comprenne ma requête, je voulais le serrer dans mes bras, j'avais attendu trop longtemps, je devais le sentir près de moi. Le gardien, l'homme à la neutralité parfaite, paraissait presque touché par notre conversation et me fit signe de la main que oui, je pouvais, qu'il restait derrière moi en cas de danger. Alors, je m'avançais vers mon père, et lui tendais mes bras. Il ne les accepta pas au début, par fierté sans doute, mais quelque temps après, quand il réalisa qu'il ne restait qu'une minute avant que je ne parte pour de bon, il souffla et se jeta sur moi, son poids et sa brutalité me firent reculer d'un bond, mais je sentais malgré cela une douceur dans son câlin. Lui aussi en avait rêvé.

- Je suis tellement désolé ma fille, pour tout. Tu méritais un meilleur père. Je le serrais fort dans les bras une dernière fois avant de me détacher et lui adressais une dernière phrase.

- Je sais, je dois y aller, je reviendrai te voir, c'est promis. Je profitais d'un dernier instant de regarder ses beaux yeux bleus et partais.

Chapitre 13

Artémis,

Le douze mars dernier, je suis passé dans ta rue, à Patras, j'avais l'intention de venir te voir, de te faire la surprise. Quand j'ai vu que tu n'étais pas là, je n'ai pas été surpris, j'avais compris depuis longtemps maintenant que tu ne te sentais pas bien chez toi et que la plupart du temps, tu partais te réfugier au rocher. Alors, j'ai décidé de partir te rejoindre, car tu me manquais, je ne peux le nier. Mais à ce moment-là, j'ai entendu un cri strident venant de la fenêtre par laquelle j'avais pris l'habitude de t'appeler. Je ne sais pas pourquoi ni comment mais ce cri m'a retenu comme s'il annonçait quelque chose de grave, alors je me suis retourné et j'ai vu de ton balcon une figure de dos, c'était ton père. Un vase à la main, il était prêt à lui jeter dessus, en pleine tempe. Je n'ai pas réagi, j'ai seulement regardé la scène comme un lâche, à attendre la fin du film. Quand il a essayé enfin de la frapper sur le côté droit de son visage, ta mère s'est débattue, sans doute pour la première fois, tu peux être fière d'elle. Alors le coup est arrivé dans sa tempe et le choc a fait qu'elle n'a pas tenu.

Quand je t'ai aperçue arriver cet après-midi-là, alors que je venais de voir cette scène, mon corps n'avait plus la force de te le dire, j'étais écœuré d'un tel manque d'humanité, alors je t'ai laissée la découvrir par toi-même. C'est lâche, encore une fois, je le sais. J'aurais pu attendre devant cette porte et venir te donner la force que tu avais perdue, j'aurais dû t'attendre, mais je ne l'ai pas fait. Alors, après l'enterrement, quand j'ai entendu ton discours, je me suis senti tout aussi coupable de sa mort que lui, exactement comme le jour où moi aussi, j'avais tué mon père, un monstre. J'ai pris cette décision, bonne ou mauvaise – c'est à toi d'en faire le jugement – de le dénoncer, je ne pouvais pas accepter ce mensonge que tu avais dit à tout le monde, il devait être puni pour son acte, mais aussi pour moi. Si la loi le punissait, je pensais peut-être être puni aussi et ainsi me pardonner de n'avoir agi. C'est tout. C'est tout ce que j'ai vu, je pense que tu méritais de le savoir. Tu as raison, Hélène était une femme forte.

Si tu savais, à quel point je regrette, je ne saurais te dire tant mes regrets sont nombreux. Tu es la plus belle chose qui me soit arrivée depuis si longtemps, j'étais dans une pénombre si grande, et toi, seulement en me parlant, tu m'as éclairé. Nous sommes différents, mais tellement semblables en même temps. Je ne demande pas ton pardon, seulement ne m'oublie pas, n'oublie pas notre histoire, nos moments, nos baisers, nos rires, nos pleurs. Je me déteste de t'aimer autant et te déteste de rendre la chose aussi difficile, car s'il y a bien une seule promesse que j'ai faite plus jeune, c'est de ne pas me laisser emporter par les vagues déchaînées de la mer, et tu as éclaboussé et envahi toute la plage. Nous avons tous les deux manqué de courage, nous sommes tous les deux fautifs. À défaut de ne pas savoir communiquer, nous avons préféré nous disputer, car oui, c'est la simplicité, s'écouter faussement, affirmer ou nier, le monde marche ainsi, non ? Certaines erreurs sont inhumaines, d'autres pardonnables, mais je ne sais pas si nous pouvons appeler la nôtre ainsi, car si j'ai beaucoup de regrets, jamais je ne regretterai de t'avoir connue.

Enfin, cela fait maintenant trois mois que tu es partie ; Paris doit t'aller à merveille je n'en doute pas, je pensais que tu serai revenue pour les vacances comme les autres. Nous nous sommes revus, nous avons parlé de toi. Pour que tu le saches et que tu ne sois pas surprise, je leur ai dit que nous nous envoyions chaque semaine des lettres, je ne leur ai parlé de rien.

J'ai fini, j'espère que l'adresse que l'on m'a transmise est la bonne, écris moi, pardonne-moi si tu le peux. « L'erreur est humaine, le pardon est divin »[1].

Stelios.

Lorsque je reçus cette lettre-là, elle fut tachetée de larmes avant même que je ne commence à la lire, je savais que cela allait être dur, mais jamais je n'aurais cru que la douleur serait si grande. Je ne pris pas le temps de lui répondre, j'allais sur le palier de mon appartement, composais le numéro de téléphone de sa maison et l'appelais. Sans même réfléchir à ce que j'allais lui dire. J'entendis sonner à l'autre bout de la ligne quand tout à coup, le son se coupa et j'entendis sa voix.

- Oui ? Bonjour, Monsieur Valhos à l'appareil, qui est-ce ?
C'était bien lui, il paraissait triste, vide.
- Ne m'écris plus. S'il te plaît, lançais-je, c'était la meilleure solution. Il avait l'air désemparé lorsqu'il

---

1   Alexander Pope, écrivain et poète (1688-1744)

entendit ma voix, il l'avait sûrement reconnue dès mes premiers mots.

- Ar..Artémis, balbutiait-il, je sentais à sa voix tremblante, son cœur battre, c'est évident, il ne s'attendait pas un appel de ma part. Avant même qu'il ne me dise autre chose, je décidais de raccrocher.

Je remontais chez moi et ouvrais un livre que mon professeur de sociologie m'avait conseillé, écrit par un sociologue contemporain Pierre Bourdieu. J'essayais de me concentrer afin de ne pas penser à autre chose, mais cette lettre et cet appel m'avaient perturbée, les études ici étaient tellement plus difficiles qu'en Grèce qu'il ne fallait pas que je laisse ma vie personnelle m'envahir. C'était d'ailleurs exactement ce que nous avaient dit les professeurs le premier jour de septembre.

Ce que j'étudiais me plaisait énormément, je ne regrettais en aucun cas mon choix et j'étais même plutôt heureuse ici. Les gens étaient différents, ils aimaient parler d'argent contrairement à ce que l'on disait, les parisiens ne râlaient pas plus que les habitants de Patras, c'était peut-être l'effet de la ville à près tout. Je ne m'étais pas fait de véritables amis, il y avait quelques filles avec qui je m'entendais bien, mais ici, les femmes et les hommes se mélangeaient très peu, j'avais l'impression que les esprits étaient étrangement moins ouverts sur ce point-là. Enfin, Paris était une très belle ville, le jour comme la nuit m'incitaient à poursuivre ma vie ici, les monuments dont on entendait si souvent parler étaient réellement majestueux, les grands boulevards impressionnants. Si je n'avais pas vécu à Patras, la transition entre Killini et ici m'aurait sûrement davantage surprise.

Enfin, le monde dans lequel je travaille en ce moment est comme Madame Fournier me l'avait décrit. Hier encore, alors que nous étions dans un grand amphithéâtre pour un cours de droit-économie, une jeune femme, de mon âge, dix-neuf ans pas plus, noire de peau venait d'être refusée dans le cours, car elle était en retard. Quelques minutes après, une femme, tout aussi belle, tout aussi polie et sérieuse passait la porte et le professeur ne lui dit rien, absolument rien, tout cela parce qu'elle était blanche, elle. Il y avait beaucoup de racisme en Grèce comme dans tous les pays depuis la guerre, mais chez nous, il se voyait moins car c'était d'un blanc à un blanc, d'un Chypriote à un Grec, d'un Turc à un Chypriote. Chez nous, tout était un problème d'orgueil, de terre. Chez eux, c'était seulement de l'égoïsme. Déjà à l'époque, les Français se plaignaient beaucoup de l'immigration, mais jamais ils n'avouaient que ces migrants, respectant pour la majorité leur pays d'accueil, effectuaient les travaux qu'eux ne voulaient plus faire.

Cette jeune femme, j'étais allée la voir dès que le cours s'était terminé. Je m'étais empressée de la rejoindre fermant ma trousse et rangeant mes notes. Elle était là et attendait devant la porte, je ne comprenais pas pourquoi elle était restée ici si longtemps.

- C'est vraiment un connard, lui dis-je naturellement. Encore une fois, je n'avais pas l'habitude d'être vulgaire, encore moins avec des inconnus, mais son comportement m'avait vexée, presque plus à moi qu'à elle et cela me faisait mal au cœur, car cela signifiait qu'elle y était habituée.

- J'te fais pas dire. Elle avait l'air d'être surprise par mon accent et me sourit. En plus, si j'étais en retard c'est parce que je devais aller amener mon frère à l'école. Non mais je te jure, comment peut-il enseigner le droit s'il ne respecte pas lui-même le principe d'égalité ? Riait-elle ironiquement. Il est stupide, c'était déjà comme cela l'année dernière, je veux dire, j'ai mon passeport, je suis tout aussi française qu'elle.

- C'est ridicule, répondais-je. Tu as dit l'année dernière, tu as redoublé ?

- Oui, je n'en ai pas honte, tu sais la moitié des gens abandonne la licence, un quart redouble et le reste continue, mais ce n'est qu'une minorité.

- D'accord, je ne posais pas cette question pour te gêner ou t'intimider ne t'inquiète pas.

- Je sais bien. Tu veux venir boire un verre en terrasse ? Nous n'avions pas cours avant ce soir. Normalement, je préférais rester seule à la bibliothèque pour travailler, je me fis la réflexion qu'une rencontre ne pouvait pas être si mal. Alors elle m'amena dans un café que j'avais déjà repéré et me confia qu'elle avait pris l'habitude d'y aller aussi.

Elle s'appelait Emma Martin, elle avait vingt ans, elle avait toujours vécu à Paris avec sa famille, elle était fière de ses origines sénégalaises et m'avait parlé longtemps du pays. Elle était passionnante, à vrai dire, les gens qui faisaient les mêmes études que moi ici, même s'ils n'étaient pas tous des proches, tous étaient intéressants. Car à l'époque, pour arriver à ce niveau d'étude, il fallait être intéressé, et quand quelqu'un est intéressé alors il est forcément intéressant, c'est ce que m'avait dit un professeur un jour. Nous avions bien passé deux heures dans ce café, nous avions beaucoup ri, elle aimait parler d'elle-même mais cela ne me dérangeait pas, j'aimais l'écouter. Elle me proposait avant de repartir en classe de venir un samedi soir, fêter la nouvelle année chez elle, afin que je fasse de nouvelles rencontres. Alors, je lui promettais de faire un effort pour venir, en souriant. À vrai dire, depuis que j'étais ici, même si j'avais beau me sentir mieux, je n'arrivais pas à trouver la motivation de sortir, presque de vivre.

Les premiers partiels étaient passés et nous n'avions les résultats que début février. La faculté demandait beaucoup de travail personnel et nous étions peu en présentiel. On était le vingt-trois décembre, je m'apprêtais à passer Noël seule pour la première fois, et bien que cela m'attristait, je l'avais accepté, mais, quand je descendis rapidement voir si j'avais reçu un courrier, je tombais sur une lettre d'Illyna.

18 décembre 1986

Artémis,

Je t'écris cette lettre hâtivement, car le temps presse et j'avais presque oublié de t'écrire, pardon. J'imagine que tu t'apprêtes à passer le réveillon seule et c'est bien la dernière chose que je veux qu'il t'arrive, alors je t'en prie, tu sais que je le fête à Antibes cette année, dans ma maison de vacances, près de la mer. Viens nous rejoindre, mon père se fera un immense plaisir de te recevoir, c'est même lui qui a insisté pour que je t'écrive, il est prêt à payer les billets de train.
En espérant t'entendre sonner à ma porte bientôt, je te souhaite un bon début de vacances de Noël dans les rues

parisiennes, qui je n'en doute pas, sont fabuleusement décorées.
Affectueusement
Ton amie, Illyna.

PS : 37 Boulevard Gardiole Bacon, 06160, Antibes, France. Nous viendrons te chercher à la gare.

Elle me manquait tant qu'il ne me fallut pas plus de temps pour y réfléchir. Je pris une minuscule valise, de quoi tenir trois jours, et partis à la gare aussitôt en espérant qu'il y ait des trains pour Cannes ce jour-là. Je l'appelais alors pour lui confirmer mon arrivée, je pouvais l'imaginer sourire rien qu'à ses mots. Arrivée à la gare, les billets n'étaient pas chers du tout ce qui me réjouissais grandement. Je montai dans le train et travaillai jusqu'à Cannes. Là-bas, je fis mon changement pour Antibes et seulement une vingtaine de minutes après, j'y étais. Elle était là, elle m'attendait sur le quai.
- Tu m'as tellement manqué ! Elle se jeta sur moi presque en me bousculant. Nous rîmes. À moi aussi elle m'avait manqué. Elle me demandait comment j'allais et nous parlions longtemps dans la voiture jusqu'à arriver chez elle.
Bien que nous étions en plein mois de décembre, la côte d'Azur portait bien son nom, les cartes postales ne mentaient pas, les températures étaient fraîches mais le ciel était d'un magnifique bleu qui nous rappelait la Grèce. Je retrouvais alors là-bas sa famille qui m'accueillit les bras ouverts, j'étais si reconnaissante de pouvoir être proche d'eux. Depuis le premier jour, depuis que j'ai rencontré Illyna, elle n'avait jamais arrêté de me suivre.

Après un long moment dans le salon à discuter de Paris et de la vie là-bas, nous décidions de monter dans sa chambre, nous avions tant de choses à nous dire. Elle se jeta sur son lit en soufflant comme si elle était soulagée que nous soyons enfin toutes les deux.

- Bon, tu ne veux peut-être pas en parler, mais je vois bien qu'il y a quelque chose qui ne va pas, Stelios ment, et très mal. Qu'est-ce qu'il s'est passé avant le départ ?

- Comme ça, direct ? La taquinais-je en lui tapotant l'épaule. Je riais comme si la suite n'allait pas me faire de peine. C'est vrai qu'il ment mal ! Riais-je, je voulais à tout prix éviter d'évoquer ce sujet.

- Vous vous écrivez chaque semaine, hein ? Petite cachottière va ! Me narguait-elle, elle ne le faisait pas pour être méchante, je le sais, elle essayait seulement de rendre le sujet un peu plus doux, un peu moins douloureux.

- J'ai compris, c'est bon, finis-je par lui dire en lui rendant un sourire. C'est vrai, il ment, nous nous sommes disputés avant de partir, c'était – je cherchais le bon mot – intense, on va dire. Il, commençais-je, enfin nous sommes trop différents.

- Mais vous vous aimez Artémis ! Insistait-elle. Ah oui ? Est-ce que l'on envoie le père de la fille que l'on aime en prison en la traitant d'égoïste, quelle ironie, mais bien sûr, je n'allais pas lui dire cela. J'ai appris par mon père que le tien était en prison, est-ce par rapport à cela ? Elle était intelligente, évidemment.

- Non, mentais-je. J'étais seulement venue chez lui passer une après-midi comme nous le faisions souvent et je ne sais pas, la situation a déraillé et nous nous sommes emportés et avons sans doute dit des choses que nous ne pensions pas.

- C'est bête, vous vous rendiez pourtant si heureux mutuellement.

- Je sais.

- T'a-t-il envoyé des lettres depuis ? Ne me mens pas.

- Oui, plusieurs.

- Et alors ? Insistait-elle.

- Je ne sais pas, je n'en ai lu qu'une. À cette phrase, elle paraissait déçue, comme si elle savait ce qu'il écrivait dedans.

- C'est dommage, mais je ne te jugerai jamais, c'est ton choix. Je la remerciais du regard. Mais je veux dire, tu n'as pas même eu l'envie de les ouvrir ?

- Si, bien sûr.

- Alors pourquoi tu ne le fais pas ?

- J'ai peur. Cela me ferait trop mal, lui avouais-je. Elle fronçait ses sourcils pour traduire le fait qu'elle voulait en savoir plus.

- Parce que tu l'aimes toujours, me coupait-elle pour finir ma phrase. Je ne lui répondais pas, tout simplement, car je n'avais pas la réponse, ce qu'il avait fait était une erreur, une grave erreur, mais plus le temps avançait, plus je pensais que moi aussi j'étais coupable et moins je le blâmais.

Enfin, voyant que ce sujet m'avait affectée, elle me proposait d'aller au marché de Noël de Cannes avec ses cousins ce soir. J'acceptais avec plaisir et nous passâmes une très bonne soirée. Le soir, je m'endormais en repensant à notre discussion d'aujourd'hui, était-il possible d'aimer et détester quelqu'un au même moment ? Il me manquait, et à chaque fois que j'ouvrais un livre, je pensais à lui.

C'est ainsi que nous passâmes un superbe réveillon, les plats servis étaient tous aussi bons les uns que les autres et la famille de mon amie était charmante. Je ne m'étais sentie à aucun moment forcée d'être ici, à vrai dire, j'étais presque plutôt heureuse d'être entourée de gens que je connaissais, c'était rassurant. La semaine passa très vite et nous eûmes à peine le temps de rendre visite à la mer déchaînée par un vent glacial d'hiver, que les vagues m'avaient déjà renvoyée vers la capitale.

Nous étions désormais le trente et un décembre et je m'apprêtais à rejoindre Emma, comme elle m'avait invitée, chez elle avec ses amis. Je ne savais pas sincèrement comment m'habiller, car je n'étais encore jamais sortie, j'enfilais alors un pull en laine, une jupe à carreau et un manteau bien chaud. Je mis mes bottes, pris un parapluie, car il pleuvait dehors et partis. Là-bas, elle me présentait la majorité de ses amis, mais je ne retenais pas les noms car ils étaient nombreux. L'ambiance me plaisait, mais m'angoissait en même temps, je n'avais pas l'habitude d'être entourée par autant de monde, alors, je m'asseyais sur un canapé, prenais un verre d'eau et commençais à écouter les conversations des autres, ils parlaient si fort, ils ne se rendaient pas compte du bruit qu'ils faisaient : « Non ! – criait un jeune homme – me dis pas que tu l'as baisée quand même ? » Et s'en suivait une poignée de main entre ces deux garçons, fiers sans doute d'avoir atteint une proie. Je n'avais pas aimé la façon dont ils parlaient alors je les ignorais et commençais à écouter la musique.

- Eh, je peux m'asseoir ? M'interpellait le garçon auquel on avait posé la question deux minutes avant. Je ne lui répondais que par un faux sourire pour lui indiquer qu'il était libre de faire ce qu'il voulait. Tu viens d'ici ? Je t'ai jamais vu dans les parages, me demandait-il curieusement.

- Non, je viens de Grèce et j'ai rencontré Emma il y a un mois à peine.

- Top ! Il ne manquait pas d'énergie, ni d'alcool dans le sang d'ailleurs.

- J'imagine oui. Je ne savais pas trop quoi répondre alors je le regardais un instant. Il était beau, mais n'avait aucun charme, blond, les cheveux mi-longs et les yeux bleus, il était habillé élégamment, une chemise et un pantalon noir, du parfum pour homme que l'on reconnaîtrait à des kilomètres. Il me proposait d'aller sur la terrasse pour fumer une cigarette, et comme je n'avais rien à faire, j'acceptais.

Il s'appelait Charles et était un peu plus âgé que moi, il avait fait une grande prépa parisienne qui lui avait permis d'intégrer HEC, une école de commerce très réputée. Il était plutôt intéressant à écouter et il me donnait de bons conseils pour mes études. Il m'avait dit que la faculté était une bonne option aussi, mais que si je voulais réussir, il fallait être parmi les meilleurs comme lui, il me disait cela avec très peu de modestie, mais cela ne me surprenait plus, j'avais l'impression d'une certaine façon, que c'était dans la culture.

Enfin, nous passions une soirée plutôt agréable, quand minuit sonna, nous nous étions tous réunis dans le salon et avions décompté les dix dernières secondes… nous étions en 1987. À la fin du décompte, quand la musique reprit de plus belle dans l'appartement parisien, Charles prit ma hanche pour me rapprocher de lui et danser. Il n'y avait pas cette tension qui existait quand Stelios faisait de même, mais afin de me convaincre qu'il ne me manquait pas, je me laissais faire et enroulais mes bras autour de son cou. Personne autour de nous n'était surpris par cela, au contraire, tout le monde faisait à peu près la même chose ou était occupé à rire et sauter. À la musique suivante, il s'approchait de mon oreille pour me demander s'il pouvait m'embrasser, et même si mon cœur criait non, je hochais la tête avant de lui sourire, il rapprocha ses lèvres des miennes et y déposa un baiser, puis un autre. Je passai une main dans ses cheveux et lui me serra davantage contre lui. C'était différent, peut-être moins bien, je ne sais pas, je ne voulais pas y penser. Afin de fuir nos souvenirs, j'intensifiais le baiser jusqu'à oublier le goût de ses lèvres et la couleur de ses yeux noirs.

Chapitre 14

Six mois étaient passés depuis cette soirée-là et je voyais Charles occasionnellement. Contrairement à Stelios, lui voulait savoir ce que l'on était, je lui posais la question en retour et il m'avait répondu qu'il serait honoré d'être avec moi et j'avais accepté. C'est absurde, sans doute, je ne l'aimais pas et je ne l'ai d'ailleurs jamais aimé (si ce n'est l'avoir réellement connu), mais à ses côtés, je me sentais bien et je n'avais pas cette sensation d'emprise qui me rendait malade. Nous allions prendre des cafés et nous promener au jardin des Tuileries, il était simple, nous ne parlions presque que d'études et lorsque nous avions fini tout sujet de discussion, alors il m'embrassait et nous faisions l'amour dans son appartement.

L'année était finie, les derniers partiels s'étaient avérés bien plus difficiles que les premiers, mais j'avais validé mon année sans trop de difficulté grâce à mon travail régulier. Monsieur Salpêtra m'avait demandé, suite à la réception de mes résultats si je ne regrettais pas mon choix d'étude, si j'étais heureuse là-bas, si j'aimais ce que j'étudiais, il me dit aussi qu'il ne fallait pas avoir peur de se réorienter, que j'avais le droit de dire que le monde journalistique n'était pas celui que j'imaginais, que j'avais le droit d'être déçue. Peut-être avait-il raison ? Peut-être que j'aurais dû l'écouter un peu avant.

Enfin, nous étions début mai, je m'apprêtais à recevoir le propriétaire de mon appartement, car je devais rentrer en Grèce pour l'été. Mon propriétaire, je ne l'avais vu qu'une fois, en novembre, je l'avais appelé pour lui dire que l'eau chaude ne fonctionnait point alors il était venu, bougon, réparer la chaudière de l'appartement. C'était un homme d'une quarantaine d'années qui avait divorcé de sa femme, il y a très peu de temps et à qui l'argent ne manquait point, il m'avait confié fièrement posséder non pas un, mais trois appartements dans la capitale, ce qui est un véritable luxe.

- Mademoiselle Kosta? Me saluait-il sans bonjour ni regard, quelle impolitesse pensais-je, je lui payais tout de même cinq-cent-cinquante francs par mois et il se permettait d'être désagréable, pensais-je.

- C'est bien moi, lui souriais-je faussement en prenant sa main qu'il m'avait tendue.

- Mmmh. Comptez-vous garder cet appartement pour l'année prochaine ? Me demandait-il impatiemment.

- J'aimerais oui, beaucoup. L'état m'aide à payer la majeure partie des frais et il est juste à côté de la faculté, je ne peux rêver mieux.

- Très bien, je suis d'accord à condition que vous payiez les deux mois d'été même si vous ne restez pas ici. Vous comprenez, j'ai de nombreuses demandes de locataires et je prendrai la plus rentable, surtout si les autres sont français, marmonnait-il bêtement comme si je ne pouvais entendre la remarque raciste qu'il venait de faire.

Je ne pris pas plus de temps pour réfléchir car ma fierté en avait pris un coup, j'avais travaillé occasionnellement pendant mes vacances ou les nombreux jours fériés français dans un café près de chez moi, alors je pouvais me le permettre, d'autant plus que l'appartement à Patras était quasiment vendu. L'agence immobilière m'avait appelée pour me dire que dès mon retour, je devais signer tous les papiers et que j'allais recevoir l'argent aussitôt.

- Très bien, je suis prête à payer ces deux mois-ci. Où dois-je signer pour renouveler le contrat? Demandais-je pressée. Il sortit un classeur et une feuille, je pris un stylo à plume.

- Juste ici.

- C'est fait, merci beaucoup, bon week-end ! Souriais-je avant de lui ouvrir la porte pour qu'il parte.

- Merci, je viendrai vous rendre visite en septembre, n'oubliez pas votre chéquier, finissait-il. Quel enfoiré.

Ma valise étant faite, je n'avais pris que quelques pulls, surtout des robes, je profitais d'un instant pour appeler mon père, je n'avais pas entendu sa voix depuis presque deux mois. J'avais pris l'habitude de l'appeler occasionnellement pour prendre de ses nouvelles, car même s'il était impardonnable, je ne pouvais pas ne pas culpabiliser de son entrée en prison. Cela faisait maintenant presque un an qu'il dépérissait là-bas, alors c'était l'occasion de l'appeler. Le téléphone sonna longtemps, mais comme à mon habitude, je pris patience en réfléchissant à comment je pourrais commencer notre discussion. Mais cette fois, ce fut lui qui commençait.

- Artémis, je suis content de t'entendre, tu ne m'as pas appelé depuis longtemps...me reprochait-il gentiment.

- Je sais, je suis désolée, j'ai été très occupée par mes examens, mais j'ai eu mon année ! Annonçais-je fièrement.

- C'est bien, tu as gardé la tête haute.

Mon père était redevenu comme avant, bien sûr, je ne le voyais plus de la même façon, il n'était plus un héros à mes yeux, mais sa force redevenait peu à peu ce qu'elle avait été, j'appréciais son évolution. D'une certaine façon, j'étais presque rassurée de le savoir en prison, car là-bas, personne ne le laissait toucher à une goutte d'alcool.

- Toujours, comme tu me l'as appris.

- Oui. D'ailleurs, à propos de cela, j'imagine que tu reviens cet été, non ?

- C'est exact. Mon avion est demain, je vais loger chez une amie un moment, car ses parents sont en voyage d'affaires, le temps de trouver un appartement assez petit pour un mois seulement, m'empressais-je de rajouter.

- Parfait, j'aurais alors un service à te demander, je, hésitait-il, je ne pense pas que tu sois au courant, mais la seconde partie du procès a lieu dans moins d'une semaine, vendredi matin précisément.

- Je ne savais pas.

- J'aurais besoin que tu viennes témoigner. Tu n'es pas obligée, je comprendrais entièrement que tu ne veuilles pas, j'ai commis un acte impardonnable et chaque jour, je m'en veux un peu plus, mais t'avoir à mes côtés pourrait aider à réduire la peine, l'avocat que l'on m'a assigné m'a confié que je pourrais m'en tirer avec cinq ans si tu me défendais.

- Te défendre, je ne sais pas, mais je viendrai. À vendredi alors.

- Merci ma fille. À vendredi.

Ces derniers mots me procurèrent une sensation étrange au cœur, comme si une mer entière se vidait dans mes poumons, ma respiration se bloquait. Ce n'est rien, ce n'était qu'une crise de panique, j'étais habituée depuis deux ans maintenant. Je me dirigeais en courant vers le palier et ouvrais le minuscule velux de mon appartement. Bien que l'air était pollué, mes poumons s'oxygénèrent un instant. Je me séchais le front et replaçais mes cheveux derrière la tête. Je reprenais la lettre que j'écrivais à Suzanne comme si de rien n'était.

C'était le jour du procès, je m'étais habillée simplement, vêtue d'une fine veste blanche et d'un pantalon en lin marron, je me dirigeais vers le tribunal pour la première fois. Je ne savais pas vraiment à quoi m'attendre, devais-je le défendre lui ou son crime ? Car ces deux choses étaient différentes, défendre mon père, je le ferai, défendre son meurtre, je préférais encore être accusée de complicité. J'aurais dû peut-être en parler à Charles, lui qui connaît si bien le droit, il aurait su me dire comment se passaient les séances de délibération mais en réalité, je ne lui avais absolument pas parlé de tout cela, de la violence, de Stelios, de mon père, de la mort d'Hélène, non, selon lui, j'étais une jeune femme grecque qui avait seulement envie de voyager, et c'était mieux ainsi.

J'entrais dans la salle d'audience, la plupart des gens, du moins ceux qui comptaient, était déjà installés, je m'asseyais au fond sur une chaise assez éloignée du reste du monde, mais, toutefois, assez proche pour apercevoir mon père et l'avocat qu'on lui avait assigné. Chaque expression de visage traduisait une émotion bien particulière, le président était froid, les avocats avaient l'air plutôt sûr d'eux, les juges ne montraient rien, mais pensaient beaucoup sans doute, car en réalité, n'importe quelle séance de délibération était une hypocrisie totale. La justice sait si un homme est condamnable ou pas et pour combien de temps. Alors que j'étais dans mes profondes pensées, j'entendis le marteau retentir, il annonçait le début du jugement.

- Bonjour Mesdames, Messieurs, je vous prie de bien vouloir rejoindre votre place et de respecter le rôle que vous avez au sein de ce tribunal afin que la séance soit plus agréable pour tous. Aujourd'hui, le vingt-trois juin, nous sommes ici pour juger à nouveau, suite à une demande, le meurtre de Monsieur Kosta Orion commis le quatre mars dernier. Le coupable a déjà été condamné il y a un an de cela et comme la justice grecque le demande, chaque année un renouvellement de peine doit être fait. Nous allons donc analyser, décrire, communiquer, en toute diplomatie et respect, avec les témoins présents dans la salle. Mesdames, Messieurs, la séance commencera dans cinq minutes, je laisse les juges venir me concerter et l'avocat parler à son client comme il se doit. Je souhaite que tout le monde soit à sa place dans cinq minutes. Et elle frappait encore trois fois le marteau sur le bureau afin de libérer la parole.

La séance commençait, je n'avais personne avec qui parler, à vrai dire, cette salle était remplie d'inconnus, tous allaient enfoncer ou aider mon père, mais aucun ne le connaissait, c'est peut-être pour cela qu'il m'avait demandé de venir, car ici, seul moi, connaissait l'homme qu'il avait réellement été. Je ne savais pas vraiment quand parler, j'écoutais à peine les paroles des uns et des autres, après tout, ils ne décrivaient que des faits que j'avais vus et vécus. Et alors que l'avocat finissait sa plaidoirie une phrase m'interpella : « C'est alors au témoin désormais de prouver la bonté de cet homme ». Je relevais la tête bien que frustrée par le mot qu'il venait d'employer, mon père ne pouvait être qualifié de bon, c'était irréel.

- Très bien, je crois qu'il n'y a qu'un témoin aujourd'hui dans la salle, je l'invite à venir à la barre afin de répondre aux questions que l'on lui posera. Alors je me levais, sans conviction ni orgueil, sans peur ni espoir. Mademoiselle Artémis Kosta est la fille d'Hélène Kosta Pradugos et Kosta Orion, elle est née le dix-sept mars 1968 à Killini dans la région du Péloponnèse, actuellement résidante à Paris, en France, Mademoiselle Kosta étudie l'économie et le journalisme. Nous allons maintenant procéder à une série de questions auxquelles vous devrez répondre en jurant de dire toute la vérité. Comment pouvait-elle en savoir tant sur moi, savait-elle plus ? En savait-elle que j'avais menti en disant que ce meurtre était un suicide ? Mon ingénuité, mon insolence, se transformaient alors en peur. Très bien, pourriez-vous nous parler de votre enfance ? La décririez-vous comme heureuse ?

- Oui. Elle a été parfaite du début jusqu'à la fin. Mes parents m'ont aimée et traitée de la plus belle façon possible, ils m'ont éduquée avec douceur et intelligence, je leur en suis reconnaissante, je n'ai absolument rien à leur reprocher. Je voyais deux femmes écrire mot pour mot ce que je disais et cela me perturbait.

- Bien. Est-ce que vous vous sentiez plus proche de votre mère ou de votre père ? Elle n'allait tout de même pas me demander de choisir entre les deux.

- Mon père travaillait beaucoup, c'est d'ailleurs grâce à lui si nous avons pu vivre dignement, alors oui, je le voyais peu, je passais plus de temps avec ma mère, mais j'aimais les deux autant, je ne peux pas dire qui m'a aimée ni qui j'ai aimé le plus, c'est ridicule. Les deux m'ont apporté des choses différentes.

- Bien, nous sommes là pour l'enquête Mademoiselle, ne vous en faites pas, nous vous demandons de répondre aux questions et non de faire des choix. Me rassurait-elle froidement. Avez-vous connu de la violence, verbale ou physique durant votre enfance ? Pourquoi se concentrer sur mon enfance alors que nous jugions un meurtre qu'il avait commis il y a un an, je ne comprenais pas.

- Oui, sans doute, comme tout enfant lorsqu'il fait une bêtise ou commet une erreur. Je ne voulais pas développer cette réponse, tout simplement, car elle était absurde, à cette époque, une fessée ou une claque étaient admises et je n'avais pas été choquée par cela, et malheureusement, je savais que ma réponse, aussi sincère soit-elle, allait causer du tort à mon père, car tout père frappant son enfant à un côté plus sombre.

- Aviez-vous déjà gardé des marques de cette violence plusieurs jours ?

- Non. Il n'était pas un monstre, il ne l'est pas, rectifiais-je.

- Bien. Votre père, Mademoiselle Kosta, vous l'aviez déjà vu boire avant votre arrivée à Patras ?

- Oui, comme la plupart des hommes, occasionnellement, peut-être deux fois par semaine, après le travail, nous mangions et il buvait un verre de vin, un seul, avec ma mère. Il n'y avait rien de dangereux, ce n'était qu'un léger plaisir, cela ne me faisait pas peur. D'ailleurs, je ne l'avais jamais vu soûl avant d'arriver ici.

- Merci. Quand avez-vous réalisé pour la première fois qu'il ne buvait plus de la même façon ? Cela me faisait mal d'entendre parler de lui comme s'il n'était rien, presque mort, alors qu'en réalité, je ne doutais pas une seconde, qu'il écoutait mes paroles au mot près, à l'intonation près.

- Un soir, en rentrant du lycée, j'ai voulu lui raconter ma journée, comme j'avais l'habitude de le faire à Killini, mais ce soir-là, il ne m'écouta pas, il somnolait à moitié, trébuchant en marchant du canapé à la cuisine. J'ai compris qu'il était différent.

- Sauriez-vous nous dire à quelle fréquence il vous frappait ? Était-ce rare ? Cette question était mauvaise, sans doute nécessaire mais si difficile, elle faisait ressortir tous les souvenirs que j'avais essayé d'oublier.

- Je ne connais pas votre définition du mot rare, mais plus le temps passait moins il rentrait chez nous et s'il était là, j'évitais à mon tour de rentrer avant qu'il ne s'endorme, j'avais peur. Alors, oui, quand nous nous croisions, un coup, parfois plusieurs, partaient. Je n'ai rien à ajouter.

- Vous parlez de cela comme si cette violence ne vous choquait point, est-ce le cas ?

- Si, elle m'a choquée, aujourd'hui, je ne sais plus. Je ne savais pas quoi répondre, c'était complètement absurde, j'avais l'impression d'être Meursault face au meurtre de l'Arabe, sans peine ni pitié, sans crainte ni peur.

- Bien, sachez que la justice grecque ne banalise jamais les actes de violences sur mineurs. Ne frappait-il que vous ou sa femme aussi ?

- Il frappait Hélène oui. Moins souvent sans doute parce qu'elle l'évitait à tout prix, elle était celle qui avait le plus peur entre nous deux, elle vivait constamment dans le noir. Je ne l'ai vu frapper ma mère que deux fois, et la deuxième a causé sa mort.

- Bien. Quand je lis votre dossier que l'on m'a transmis, je peux lire que vous avez déclaré le jour de la mort de votre mère qu'elle s'était suicidée. Vous avez pourtant vu le couteau planté dans le corps de votre mère, pourquoi ?

- Je ne sais pas, j'ai été lâche, je pensais aussi que ma mère n'aurait pas voulu voir mon père en prison, elle l'aimait trop pour cela. Je regardais mon père qui ne m'avait pas lâché des yeux depuis le début, son regard était rempli de douleur et tacheté de larmes. C'était plus simple.

- Bien. Nous avons fini l'interrogatoire, avez-vous quelque chose à rajouter ?

- Oui. Mon père a commis la plus grande erreur de sa vie en tuant ma mère et moi-même en quelque sorte ce jour-là, mais il reste l'unique homme qui a veillé sur elle et moi. La justice grecque n'a pas su condamner les actes illégaux des Chypriotes qui ont détruit, et je pèse mes mots, la vie d'un homme, alors, si elle n'a pas su punir quand il le fallait vraiment, je vous demande, s'il vous plaît, d'être indulgent pour le juger. Victor Hugo a dit, « ceux qui vivent, ce sont ceux qui luttent »[1], sachez, Madame, que mon père a toujours lutté, mais il n'a jamais vécu. »

Je terminais l'interrogatoire par cette phrase et le public parût presque touché par mes mots. Je me sentais vide et abrutie. Je ne ressentais ni honte, ni peine, ni tristesse. Je regardais mon père, les yeux vides, la bouche entre-ouverte voulant lui crier que je l'aimais, mais rien ne sortait, peut-être car je ne le pensais plus.

Le soir même du procès, j'eus besoin de revoir mes amis, cela faisait presque un an que j'avais été loin d'eux alors j'allais sur le rocher espérant en croiser au moins un, je savais que tous étaient revenus à Patras pour les grandes vacances, nous nous étions écrits et Giovanni m'avait même appelée pour me demander de venir le voir dès que je rentrerai. Après le procès, quand les juges finirent par dire qu'ils renouvelaient la peine pour au moins trois ans de prison ferme, je n'avais pas eu la force de rester plus longtemps, j'étais allée saluer mon père qui m'avait

---

1   Les châtiments (1853), Victor Hugo

remerciée en pleurant et je l'avais quitté en lui disant que j'avais du travail, mais que je reviendrai le voir. Il me demandait de prendre soin de moi et m'embrassait sur le front en me laissant partir.

Quand j'arrivais au rocher, rien n'avait changé, il n'y avait toujours personne, l'air était toujours aussi bon, l'eau toujours aussi bleue et pourtant le coucher de soleil, lui paraissait plus fade, plus gris. J'attendis presque une heure seule, je n'arrêtais pas de penser à lui, je ne le voulais pas, mais il me manquait tellement. Avec lui, j'étais si heureuse, et alors que je m'apprêtais à repartir vers mon hôtel, car je compris que personne ne viendrait ce soir-là, j'entendis un bruit d'appareil photo, ils étaient là, tous. Je me levais brusquement et me jetais dans leurs bras.

- Tu nous as manqué, dit Giovanni en m'ébouriffant les cheveux.

- Vous aussi, la vie est moins belle sans vous.

Et comme s'il s'agissait de notre première rencontre ici sur le rocher, nous passâmes une fabuleuse soirée, nous riions encore et encore et racontions nos années, pour certains très bonnes et pour d'autres comme Lasonas comiques. Vivian n'était plus là, elle s'était fait un autre groupe d'amis et avait préféré rester avec eux, à vrai dire, cela n'avait pas l'air de déranger grand monde. Nikolas et Illyna étaient comme d'habitude collés l'un à l'autre, Giovanni et moi jouions au rami.

C'était étrange de le revoir, la colère qui s'était immiscée entre nous n'était plus qu'une fierté qu'aucun de nous deux ne voulait briser, nous ne nous étions pas adressés un mot de la soirée mais le simple fait de le voir et de sentir son odeur à mes côtés m'avaient apaisée. Je ne lui en voulais plus, je n'aurai d'ailleurs jamais dû lui en vouloir autant, mais je n'avais pas assez de modestie pour le lui avouer. Avant de partir, alors qu'il ne restait que Giovanni, lui et moi, mon ami mit dans mon sac un paquet de lettres, je ne comprenais pas alors je lui fis comprendre en me retournant face à lui, fixant ses pupilles avec un sourire en coin.

- Tu regarderas, les liras si tu peux. Elles peuvent tout changer, rien n'est encore trop tard. Je comprenais alors de quoi il parlait et le remerciais.

Les garçons insistèrent pour me raccompagner jusqu'au bout de ma rue car les nuits à Patras n'étaient point sûres. Arrivés là-bas, j'entourais mes bras autour de Giovanni en lui proposant de tous nous revoir le lendemain. Il se détachait de moi peu de temps après et commençait à partir. Je comprenais alors qu'il essayait de nous laisser seuls, car lui aussi avait remarqué que nous ne nous étions pas adressés la parole de la soirée. Alors, nous nous retrouvâmes face à face, les étoiles se moquaient de nous sans doute, nous étions ridicules. Stelios entrouvrit la bouche pour me dire quelque chose alors je lui souris, car je n'avais pas la force de lui dire que ce n'était pas grave, mais un sourire peut-être allait lui faire comprendre.

- Je suis heureux de te revoir, m'avouait-il en me regardant droit dans les yeux, j'étais perturbée, ce n'était pas dans son habitude de me dire ces choses là de façon si assumée. Bonne nuit Artémis.

- Bonne nuit Stelios. Je, commençais-je, toi aussi, tu m'as manqué. Et avant même qu'un de nous deux ne se contrôle plus, je baissais mon regard et partais. S'il m'avait embrassée, je ne sais pas quelle aurait été ma réaction, c'était mieux ainsi.

Je rentrais, prenais un verre d'eau, m'asseyais sur le canapé de l'hôtel et ouvrais la première lettre.

29 juillet 1986

Giovanni,

J'ai merdé. Je crois l'avoir perdue.

Hier, Artémis est venue à la maison, j'ai été surpris, elle n'a pas l'habitude de le faire sans me prévenir autrement que pour venir donner des cours à Angelo, mais j'étais très heureux de la voir. Elle était magnifique, si naturelle, si belle, elle portait une jolie robe bleue à fleurs blanches et un bandeau assorti. Ses yeux marron étaient si clairs qu'ils me donnaient presque envie de revenir en automne, elle avait un collier en or autour de son cou et un bracelet autour de sa cheville droite, tout était parfait, harmonieux. Ses cheveux étaient rangés exactement comme il le fallait, derrière ses oreilles et je le regrette presque maintenant, car j'adore les lui replacer.

Nous nous sommes disputés, je ne suis qu'un imbécile, je n'ai pas réfléchi. Je ne peux te dire pourquoi et je m'en désole, mais je te jure que ce n'est pas une dispute comme les autres, cette fois, je crois qu'elle ne reviendra plus. Ne me dis pas que l'amour gagne toujours, car je crois avoir aperçu dans ses yeux de la haine tant sa déception était forte. Giovanni, je ne peux la perdre, aide moi s'il te plaît, conseille moi. Je sais que c'est égoïste, car elle me rend heureux, mais je ne peux vivre sans elle, je ne veux pas qu'elle m'oublie, pas maintenant, pas après tout ça.

Je ne suis qu'un pauvre homme, je ne cherche pas ta pitié, seulement à ne pas perdre la femme que j'ai choisie d'aimer. Crois-tu qu'elle puisse me pardonner ?

Stelios.

26 janvier 1987,

Mon cher ami,

Je suis ravi d'entendre que tu te portes mieux, c'est bien, mais je t'en prie, qui est cette Karin ou même Marie, aller voir d'autres nanas ne t'aidera pas à l'oublier, continue la musique plutôt.

Je ne sais pas si c'est une bonne idée d'être allé voir son père en prison, mais si cela te fait comme tu dis du bien de parler d'elle avec quelqu'un qui la connaît réellement, pendant des heures, alors je ne vais pas te décourager de continuer à le faire.

J'ai eu comme tu m'as demandé des nouvelles d'Artémis, elle va bien elle aussi. Elle m'a dit aimer ses études mais avoir du mal avec les jeunes parisiens de notre âge, la culture est vraiment différente. Je ne préfère pas te mentir, elle aussi m'a parlé d'un homme, il s'appelle Charles, je crois bien. Ne t'en fais pas, selon ce qu'elle m'a dit, elle n'a pas l'air bien amoureuse, mais je veux seulement te le spécifier, car tu es mon ami et je ne veux pas que tu souffres davantage. L'espoir est l'ennemi. Si tu veux mon avis, il a l'air d'être un véritable imbécile, ses parents payent une école une fortune pour obtenir un diplôme reconnu qu'en France. Il est tout ce que tu détesterais et c'est sans doute la raison pour laquelle elle reste près de lui, je le ressens, elle essaye de t'oublier.

Tu devrais lui écrire, peut-être qu'elle n'a pas eu la force de répondre à ta première lettre, c'était peut-être trop tôt, mais maintenant, je pense qu'elle aimerait avoir de tes nouvelles, elle m'en a demandé hier au téléphone, je ne lui ai pas répondu, je lui ai dit que vous devriez vous-même vous en donner.

Je viendrai te voir pendant la longue semaine de vacances en mars Stelios. Prends soin de toi.

Affectueusement,
Giovanni

C'était un véritable roman épistolaire, mon ami avait dû me laisser au moins dix lettres décrivant leurs échanges. Je n'étais pas en colère contre mon ami pour avoir échangé toutes ces informations avec lui, au contraire, je lui en étais reconnaissante, car j'en rêvais moi aussi d'avoir de ses nouvelles tout au long de cette année-là. Plus je lisais, plus je me rendais compte de la sincérité de son amour et plus je regrettais de jouer avec Charles. Giovanni avait entièrement raison, je ne l'aimais pas, il n'était qu'une échappatoire. J'avais pourtant ri dans les dernières lettres, Stelios était quelqu'un de vraiment drôle, sa jalousie quand mon ami lui racontait mes sorties avec Charles et ses propres anecdotes quotidiennes au magasin me faisaient mourir de rire. J'avais l'impression qu'il me les racontait toutes, comme si en écrivant à Giovanni, il s'imaginait me parler en même temps.

La dernière lettre fut pour autant, je pense la plus triste, je n'avais pas imaginé à quel point le manque pouvait faire mal. Il racontait à Giovanni qu'il était retourné faire toutes les soirées et sorties que nous avions faites tous les deux, à la même heure et à la même saison, il était même retourné voir Manon Lescaut au théâtre. Cette lettre-ci m'avait touchée, car je compris ce que c'était que d'aimer. Je compris enfin comment ma mère avait aimé mon père et comment elle n'avait pu le lui en vouloir pour ses erreurs, je compris que pour pardonner, il fallait aimer, et moi, je lui avais pardonné.

Chapitre 15

Septembre 1987, j'étais de retour à Paris. La fin de l'été me plaisait, les arbres n'étaient pas encore en veille, mais commençaient à colorer leurs feuilles, l'air était bon, presque chaud, mais n'était plus aussi lourd qu'avant. Les parisiens ainsi que les touristes eux aussi étaient plus chaleureux, plus détendus après avoir passé de longues vacances. La vie de la capitale reprenait doucement son rythme, les étudiants retrouvaient leurs appartements, les adultes prenaient le métro pour se rendre à leur travail un café à la main, les grands-mères main dans la main avec leurs maris ou leurs petits-fils se dirigeaient vers les meilleures boulangeries de la ville afin d'acheter une baguette à beurrer. J'avais découvert en quelques mois le plaisir d'un fabuleux petit-déjeuner français, j'avais pris l'habitude d'acheter du pain, d'y étaler du beurre et enfin de rajouter de la confiture de mûres ou de fraises par-dessus, c'était succulent.

Je rejoignais Charles et Emma à la station de métro la plus proche et nous allâmes à pied à l'université. Il me prit la main dans la rue, à vrai dire, je n'étais pas très à l'aise, mais je n'avais pas osé le lui dire alors je le laissais faire. Il ne commençait à travailler que vers mi-septembre alors pour l'instant, il m'avait dit faire un stage au ministère de l'économie et des finances. Un an auparavant, j'aurais été émerveillée par cela et aurais tout fait pour savoir comment il l'avait obtenu mais là, je fins un simple sourire en lui disant que c'était une superbe occasion.

Mon quotidien se résumait donc ainsi, la vie était devenue monotone, presque ennuyante. Je n'oserais dire me sentir seule là-bas, seulement moins entourée, moins aimée.

J'avais pourtant tout ce dont j'avais toujours rêvé, les études que j'avais toujours voulues faire, quelques amis charmants et tout aussi passionnés que moi par l'évolution du monde, des bibliothèques à tout va, des sorties au théâtre qui ne coûtaient presque rien. Mais pourtant, j'avais l'impression de ne jamais être satisfaite, de ne jamais être heureuse ne serait-ce qu'un instant et cela me pesait chaque jour un peu plus. Le fait de ne pas savoir si j'avais fait le bon choix de fuir ainsi le pays qui m'avait tout offert, presque tout, me rendait folle.

Nos professeurs commencèrent, dès les examens passés, à nous demander de rechercher un stage dans un milieu particulier : cabinet d'avocats, notaires, journalisme, radio… Et moi, je savais à peine si j'avais l'envie d'en faire un. Madame Fournier avait raison, le monde du journalisme était nocif, lors de ma première année puis la deuxième je l'avais vite constaté, vite compris et cela m'avait dégoûtée. Pensant que tous les grands patrons de journaux et magazines n'étaient pas tous les mêmes, ma déception n'était que plus grande à chaque fois que j'en rencontrais un qui me déplaisait. À la fin de ma deuxième année, nous devions faire un stage de six mois, j'avais eu la chance d'être acceptée au consulat mais quasiment personne ne m'avait adressé la parole ou m'avait expliqué quelque chose autrement que pour me demander un café. Ma fierté en avait pris un coup et je me sentais honteuse à chaque fois que je marchais dans les couloirs du bâtiment.

Je commençais à me demander si ce milieu était réellement fait pour moi, parfois, j'envoyais même des lettres au père d'Illyna pour qu'il me rassure, souvent, je regrettais de ne pas avoir pris le temps d'écouter mes anciens professeurs ou même Stelios. Malgré cela, et là était le paradoxe qui me posait souci, je continuais d'apprécier ce que l'on m'enseignait alors j'avançais vers un tunnel où il était impossible d'apercevoir la sortie.

Stelios avait recommencé à m'écrire régulièrement, alors, chaque mercredi, quand je voyais du haut de ma fenêtre le facteur en bas de la rue, déposer du courrier dans les boîtes aux lettres de l'immeuble, je courais pour lire ce qu'il m'avait écrit. Je m'enfermais une heure à lire en boucle la même lettre, d'abord dans ma tête puis à voix haute comme s'il me le disait lui-même. Je riais, parfois pleurais, car il me manquait, souvent souriais en l'imaginant faire ce qu'il me racontait. En réalité, ce qu'il écrivait n'avait rien d'extraordinaire, parfois même manquait de sens, mais le simple fait de me décrire ses journées m'émerveillait, Stelios n'avait pas besoin de plus pour me rendre heureuse.

Jamais, durant cette année-là, je ne lui avais répondu, pendant plus de cinq mois, il m'a écrit chaque semaine et pendant plus de cinq mois, j'ai répondu à ses lettres sans jamais les lui envoyer. Au contraire, je rangeais tout dans une boite et les relisais si j'en ressentais le besoin. En y repensant, je m'en veux terriblement, j'ai grandi, j'ai compris que c'était encore une fois une erreur, lui répondre aurait été un choix meilleur mais par peur, encore une fois, j'avais choisi la sécurité.

13 janvier 1989,

Artémis,

182

Hier, j'ai emmené Angelo sur le rocher pour la première fois, j'ai pensé qu'il aurait aimé savoir à quoi ressemblait le lieu dont on lui parlait tant, le paysage n'avait pas changé, tout est toujours aussi beau, je pense qu'un jour, ce sera lui qui y emmènera ses amis.

Je n'arrête pas de travailler, le père d'Illyna souhaite développer un grand festival de cinéma et musique pour cet été et devine quoi, il m'a demandé de me charger de la programmation des artistes. Alors, j'ai hésité mais en plus d'une bonne prime qui me permettra peut-être de te rendre visite, je me suis dis que cela pourrait être une expérience enrichissante ; alors j'ai accepté. J'ai donc passé la moitié de la journée à aider mon oncle et l'autre à passer des coups de fils un peu partout dans le pays pour trouver des artistes.

J'espère que tout se passe bien pour toi à Paris, la vie doit vraiment être différente, j'aimerais tant t'entendre parler pendant des heures, mais c'est impossible, alors écris-moi. Si tu es heureuse là-bas, alors c'est le bon choix et je m'excuse de t'avoir fait croire que ce serait le contraire.

Prends soin de toi.

Stelios.

14 mars 1989,

Artémis,

Grâce à l'argent que le festival me fait gagner, j'ai pu installer un nouveau téléphone fixe à la maison, tu

183

pourrais m'appeler si tu en as l'envie, quand tu auras le temps. J'imagine que tu dois être très prise étant donné que tu restes muette. Enfin, entendre ta voix me ferait plaisir, n'hésite pas.

La semaine dernière, Giovanni et Lasonas sont venus me rendre visite, nous sommes sortis la nuit pour aller dans un bar, et même si au début j'étais réticent à cette idée, tu me connais à force, je dois bien avouer que nous avons passé une très bonne soirée. Vers cinq heures du matin, alors que nous avions enfin décidé de partir du bar pour aller voir le soleil se lever, nous nous sommes fait courser par un chien, pas bien méchant et ces deux idiots ont couru comme ils ne l'ont jamais fait, Giovanni a même poussé un cri, c'était à se tordre de rire, je suis certain que si tu avais été là, tu aurais eu mal au ventre tant la scène était drôle. Nous avons parlé de toi et d'Illyna, cela fait presque deux ans que nous ne nous sommes pas vus tous ensemble, reviens-tu cet été ? Tu manques à tous ici, surtout à moi.

Bonne chance pour tes examens, ce sont les derniers, courage. Je ne doute pas un seul instant de tes capacités à réussir, tu auras toujours ce que tu voudras.

Stelios.

27 août 1989,

Artémis,

C'est dommage. Je sais que tu reçois toutes mes lettres, je ne sais pas si tu les lis pour autant, mais j'ai demandé à accuser réception de chacune d'entre elles et elles sont bien arrivées chez toi. Pourquoi ne réponds-tu pas ? Je pensais qu'il n'y avait plus aucune rancœur entre nous.

Illyna m'a dit que tu travaillais en France cet été, je suis content que ce pays te plaise, mais le nôtre ne te manque-t-il pas, ne serait-ce qu'un peu ?

Je ne t'oublie pas, j'espère que tu es heureuse là-bas, je n'arrêterai pas de t'écrire tant que tu ne m'auras pas adressé un mot.

Stelios.

Je me rappelle avoir terminé de lire cette lettre le sang glacé et le cœur me faisant mal. Évidemment que la Grèce me manquait, qu'ils me manquaient, mais je n'avais pas le courage d'avouer à tous que je m'étais trompée, je voulais finir ce que j'avais commencé et comme il était trop douloureux de lui répondre, je préférais fermer l'enveloppe et la ranger avec les autres. Non Stelios, je n'étais pas heureuse là-bas, mais il ne manquait plus que deux ans avant d'avoir mon diplôme, celui dont j'ai toujours rêvé. J'avais fêté quatre mois avant mes vingt ans et contrairement à ce que m'avait expliqué un jour Monsieur Salpêtra, plus je grandissais moins je me sentais libre, plus je grandissais plus je me sentais perdue. La vie perdait tout son sens.

Je décidais d'appeler Charles pour lui demander que l'on se voit, nous nous étions rejoint au café dans lequel nous avions l'habitude d'aller. Là-bas, il commençait à me parler de ses fabuleuses rencontres à l'Élysée et comme toujours, j'esquissais un sourire en le félicitant.

- Je ne peux plus jouer à cela, je suis désolée.

- De quoi parles-tu mon amour ? Me demandait-il en essayant de s'approcher pour m'embrasser. Je le repoussais poliment pour lui faire comprendre que je n'en avais plus envie.

- Nous deux, j'ai essayé, je te le jure. Tu es quelqu'un de bien, tu mérites mieux qu'une fille qui sourit bêtement à ce que tu lui racontes alors qu'elle t'écoute à peine. Il levait ses sourcils face à la rudesse de mes paroles alors je mordillais mes lèvres, car ma culpabilité me rongeait. Tu m'as réellement rendue heureuse un moment, au début, c'était nouveau, j'aimais beaucoup, je ne m'ennuyais pas, mais je ne sais pas, je vois que tu commences à t'attacher et je ne veux pas te faire plus de mal.

- Artémis, tu me dis cela comme si ça faisait six mois qu'on était ensemble. Depuis quand penses-tu cela ? Un an ? Plus ?

- Je ne sais pas, tu as été parfait, sincèrement, tu es le compagnon que toute femme aimerait avoir, mais pas moi, pardon. J'ai été sincère, mais je ne veux plus faire semblant, cela me fait trop mal.

- Y a-t-il quelqu'un d'autre que moi ?

- Comment ? Non, bien sûr que non, je ne suis pas ainsi.

- Tu me le jures ? Insistait-il.

- Je ne jure pas, mais je peux t'assurer que si je mets fin à notre relation , ce n'est pas parce que j'en vois un autre.

- Très bien, je respecte ton choix et te crois. Tu sais, je ne suis pas bête, j'avais bien vu que tu ne m'aimais pas comme je t'aime, j'avais espoir que cela change. Je voulus m'excuser encore une fois, mais il m'interrompit. Non, attends. Je ne veux pas que tu culpabilises, malgré tout, tu m'as beaucoup apporté et nous avons passé de bons moments ensemble, j'en garde bons souvenirs. J'ai mal, c'est vrai, mais l'amour n'est-il pas finalement fait que pour nous faire souffrir ?

- Non, non, je ne crois pas. Mais peut-être qu'il choisit les personnes à qui offrir ses beaux côtés.

- Sans doute. Maintenant, s'il te plaît, nous sommes adultes, nous avons des souvenirs agréables, nous avons des amis en commun et un projet d'avenir commun, nous risquons de nous retrouver plus tard, ce serait bête de rester en mauvais termes, restons amis. Ce serait plus mature, s'empressait-il de rajouter.

- Avec plaisir. Merci. Nous nous rapprochions naturellement l'un de l'autre et nous nous câlinions une dernière fois en signe de respect. Je ne pouvais qu'accepter, il était un homme bon et respectueux, c'était agréable de pouvoir communiquer ainsi avec quelqu'un.

Je sais bien qu'il faisait semblant d'aller bien, qu'en rentrant chez lui il écouterait Dvorak à fond jusqu'à ce que ses oreilles le supplient d'arrêter mais rester proche de lui était la meilleure solution car même si je n'avais pas réussi à l'aimer comme il l'avait souhaité, je m'étais tout de même attachée à lui, il faisait partie de ma vie depuis plus de deux ans maintenant.

Chapitre 16

13 novembre 1989,

Artémis,

Le festival a marché du feu de Dieu et je n'ai pas eu le temps de t'écrire avant, nous sommes déjà en train de préparer celui de l'année prochaine, c'est fou ! N'est-ce pas ?

Tu entames ta dernière année, je crois bien, je suis fier de toi, tu as tenu déjà trois ans, un an de plus, qu'est-ce que c'est après tout ? As-tu une idée de ce que tu veux faire ? Veux-tu rester vivre en France ? Lasonas m'a appelé hier, il m'a dit que lui comptait revenir vivre ici, que l'Italie l'avait enchanté, mais que la Grèce lui manquait trop pour rester vivre là-bas. N'oublie pas, tu l'as dit toi-même, on n'oublie pas d'où l'on vient. Cela fait maintenant deux ans presque que tu n'es pas revenue. Je n'essaie pas de te faire culpabiliser, jamais, seulement peut-être de te rappeler d'où tu viens et où est-ce que tu es vraiment heureuse. Enfin, je ne veux que le meilleur pour toi, je l'ai toujours voulu.

Stelios.

19 décembre 1989,

Artémis,

Je n'ai pas grand-chose à te dire outre le fait que je crois que je réalise enfin un de mes rêves d'enfant, j'ai racheté sur un coup de tête, la semaine dernière, le

188

magasin de mon oncle, il est parti à la retraite, il le méritait. Je songe chaque jour un peu plus à ouvrir une librairie, où tout le monde pourrait y trouver son roman, son histoire, peut-être même l'écrire ? Je pense y arriver, il ne me manque que l'autorisation de la nouvelle maire, j'ai déjà celle de mon oncle et le père d'Illyna m'encourage sans cesse dans le projet. Pour la première fois, j'ai l'impression de réussir quelque chose par moi-même.

Stelios.

Une larme de bonheur coulait sur ma joue. Lors de la première nuit où nous nous étions embrassés, il m'avait confié qu'ouvrir une librairie, où l'on pourrait boire un thé ou un café, était son rêve et aujourd'hui il l'avait enfin accompli. Rien qu'à travers ses mots, je savais qu'il était heureux et je ne pouvais m'empêcher alors de l'être aussi. Je pris un papier, mon stylo à plume et pour la première fois depuis longtemps je ne fis pas qu'écrire ; je fermai l'enveloppe et allai la poster.

5 janvier 1990

Cher Stelios,

 J'ai rarement été aussi heureuse et fière de lire une lettre. Tu as toute ma reconnaissance pour avoir réussi à ouvrir cette librairie et je ne doute pas que lorsque je reviendrai, je puisse à peine y mettre les pieds tant tout le monde se précipitera à l'intérieur. Comment veux-tu la décorer ? Dis-moi tout.

Oui, je reviens bientôt et pour toujours, je pense. J'adorerais passer un moment avec toi et tous les autres, vous aussi me manquez, c'est difficile ici, je suis désolée de ne pas avoir répondu avant, la faute est mienne, elle l'a souvent été.

Affectueusement, je t'embrasse.
Artémis.

14 avril 1990,

Artémis,

J'ai reçu ta lettre quand Giovanni et Lasonas étaient à mes côtés, sache qu'ils m'ont rarement vu si heureux. Le temps passe trop vite, la librairie est ouverte depuis un mois et je n'arrête déjà pas, figure toi que les livres les plus vendus sont nos favoris : L'étranger et Les Misérables. C'est formidable. Je n'arrête pas de parler de toi aux clients qui me demandent un avis sur ces œuvres : « Une vieille amie m'a dit un jour que ce roman avait changé sa vision de la vie » « Non ! Stélios ! Non ! Meursault est tout sauf absurde, il arrive à décrire un sentiment que tout le monde ressent – le vide – sans employer les bons mots. C'est un génie, cet homme est fabuleusement incompris ! » J'entends ton rire d'ici encore, nous étions à vélo, nous faisions la course lorsque tu me criais cela.

Nous sommes tous très heureux de te savoir de retour parmi nous dès juin. Illyna va préparer un grand repas comme à la belle époque. En attendant, finis bien ton année, tu verras bientôt le bout du tunnel.

Stelios.

27 mai 1990,

Stelios,

Je t'écris rapidement, je suis inquiète. J'ai lu dans le journal que les Américains commençaient à bombarder l'Irak, la guerre du Golfe n'est pas si loin de chez nous, les avions ne font que passer sur le sol grec et cela énerve les autorités. Bon sang, qu'est-ce que l'argent ne leur fera pas faire, tout ça pour du pétrole. Dis-moi seulement que tout va bien chez toi et que les tensions sont gérées pour le moment, car le journal d'Athènes indique le contraire.

Fais attention à toi, je reviens bientôt si je peux.

Artémis.

Il ne me répondit pas à cette lettre, j'avais lu dans d'autres articles que certains hommes avaient été envoyés au combat auprès de la Coalition pendant deux mois au minimum, la guerre n'avait commencé que le deux août 1990 réellement, mais dans les faits, les tensions avaient commencé bien avant. J'avais eu des nouvelles par Illyna en rentrant à Patras le soir même où Stelios avait été appelé tout comme Lasonas et Nikolas pour aller en Irak, toutes les deux étions mortes d'inquiétude. Giovanni, avec son handicap invisible, n'avait pas été appelé, alors il restait avec nous en essayant de nous rassurer.

Un soir de juillet, alors que je revenais de la prison voir mon père, je m'étais fait bousculer dans la rue et quand je me relevais, je vis une sorte du fumée noire se propager au-dessus de la grande avenue de Patras. Les policiers ainsi que les militaires étaient déjà là, mais aucun d'entre eux n'essayait de calmer les habitants qui commençaient à s'inquiéter. Je m'étais arrêtée au milieu de la rue, complètement figée, je crois bien que c'était le retour de l'armée grecque, pour peu de temps sans doute. La fumée avait désormais envahi la majorité de la rue, mais je pouvais entendre en fond un air musical qui s'approchait, c'était l'hymne grec. Les soldats marchaient en rythme, casques sur la tête, tenues serrées au corps, fiers comme s'ils venaient de gagner une guerre qui avait à peine commencé. Ils étaient désormais très proches de moi. Et à cet instant, je vis un regard que je pourrais reconnaître parmi des milliers, même après quatre ans, ils étaient là, gris presque noirs, c'était lui, c'est certain, mon cœur se mit à battre comme s'il s'agissait du dernier instant où je pouvais les voir, ses yeux couleur de jaspe. Je n'eus pas même le temps de crier son nom que son visage se retourna vers moi, la tension était si grande, les autorités autour de nous, nous empêchaient de faire quoique ce soit mais dans ce brouillard, il en profita un instant et retira son casque. C'était un risque énorme, ses cheveux aussi sombres que les nuits d'hiver, tombaient sur son front suant, il n'avait pas changé, absolument pas. Ses lèvres se décollèrent naturellement et sa bouche forma un sourire si sincère qu'il laissa entrevoir ses pommettes, je ne pus m'empêcher de sourire à mon tour en mettant ma main sur ma bouche et riant à cœur joie. Il était si beau. Les gens autour ne comprenaient sans doute pas un seul instant ce qu'il se passait. Le défilé était pourtant un événement majeur pour la guerre, tous les soldats étaient en mouvement, mais entre nous tout était figé, comme si les années qui nous avaient séparées n'avaient pas vraiment existées, comme si nous nous étions toujours connus, comme si nous ne nous en étions jamais voulus. Je courrais vers lui pour l'embrasser, mais Giovanni qui m'avait suivie sans que je le sache me retint. Je me débattais.

- Crois-moi, il en meurt d'envie aussi. Mais mieux vaut attendre la fin de la guerre. Tu iras ou il ira en prison si tu y vas maintenant. Tu as déjà beaucoup attendu, attends encore un peu pour que ce baiser ne soit pas le dernier.

Il avait raison, je lui demandais de me lâcher, ce qu'il fit de suite et je regardais alors Stelios suivre les autres hommes, tous aussi courageux que lui, vers la place principale de Patras. Là-bas, la maire ainsi que le président, Christos Sartzetakis, commencèrent leur discours.

Chapitre 17

Novembre 1990, la guerre allait bientôt prendre fin, les Irakiens, seuls face au reste du monde perdaient leurs forces peu à peu et les chaînes internationales annonçaient déjà la victoire des occidentaux. Le retour définitif de l'armée grecque était prévu dans environ deux mois et je ne cessais de compter les jours.

J'avais espoir que la vie redevienne comme elle avait toujours été, mais ce mois-ci me montrait encore une fois que l'espoir était l'ennemi, car dans le journal de la région, je vis apparaître le nom de Suzanne, non pas dans la rubrique de la météo, où une métaphore du soleil lui aurait convenu à merveille, mais dans la rubrique des morts.

Je ne pouvais pas y croire, alors, je m'étais rendue à Killini, devant chez elle. Je vis une croix dans le sol enrobée d'un collier de fleurs. Ses parents m'avaient expliqué les larmes aux yeux qu'elle était morte la veille, devant chez elle, un réfugié irakien l'avait tuée. Ma vision du monde se brouillait, parmi tous les humains, Suzanne était celle qui méritait le moins de mourir, elle était le soleil et la vie, elle n'était pas qu'une fleur, elle était une rose sans épine, elle avait un cœur si pur que même Dieu n'aurait osé y toucher. Mon cœur se rompit, elle était si jeune et si bonne amie. En partant, je déposais ses fleurs préférées sur sa croix, on m'arrachait une partie de moi. Je lui promis qu'on se retrouverait un jour et partis.

Sur le chemin, je pensais. Mon professeur m'avait dit le jour de l'enterrement de ma mère que le véritable courage était de regarder la mort avec un regard tranquille. J'avais essayé d'y réfléchir dès son départ ce matin-là, mais n'y étais pas parvenue. Aujourd'hui encore, cela m'était impossible. Je ne peux me permettre de regarder la mort tranquillement quand je sais qu'elle est l'unique cause de ma peine, je ne pouvais me permettre de perdre quelqu'un d'autre encore, je ne faisais que voir les gens partir alors que toute mon enfance, j'avais juré d'être la première. S'il s'avérait que Stelios meurt, alors je préférais ne jamais le savoir, car mon cœur ne le supporterait plus.

J'avais toujours pris Stelios pour un idiot à cause de sa vision du monde pessimiste, je lui en avais toujours un peu voulu de dire tant de vérités si brusquement, peut-être n'étais-je pas prête à les entendre ? Au final, c'était moi l'idiote, je venais de passer quatre ans dans une ville dans laquelle je ne me sentais pas même heureuse à continuer des études qui ne me plaisaient en réalité presque pas alors que mon vrai monde s'éteignait doucement. J'avais idéalisé un milieu auquel je n'appartenais pas pendant plus de dix ans comme un enfant naïf. J'avais tant de fois eu des regrets que je n'arrivais même plus à les compter sur le bout de mes doigts. Je cherchais si longtemps un bonheur qui n'existait pas alors que tout le monde autour de moi vivait simplement en attendant que celui-ci vienne à eux. Je décidais d'aller voir mon vieux professeur pour lui annoncer la triste nouvelle. C'est sa femme qui m'ouvrit, leur jardin était gris, les fleurs avaient fané comme si plus personne ne s'en occupait.

- Oh, Artémis, je suis si contente de te voir ici, rentre, m'embrassait sa femme le sourire aux lèvres, elle avait repris beaucoup de force. Adonis est dans le salon, il est très fatigué, nous nous faisons vieux, mais il va être heureux de te voir. Comme tu as grandi, me disait-elle en prenant mon visage entre ses mains.

- Merci. Je rentrais doucement dans la maison et vis Monsieur Salpêtra sur le fauteuil du salon, une couverture sur lui et un plateau encore rempli de nourriture sur ses genoux. En quatre ans, on aurait dit qu'il en avait malheureusement pris dix. Il avait l'air épuisé. Monsieur, c'est Artémis, Artémis Kosta.

- Évidemment, me souriait-il en me fixant, évidemment, les rides sur son visage se repliaient de joie. Tu as grandi, tu es une femme maintenant, mon enfant, je crains de ne plus avoir rien à t'apprendre.

- Oh, si vous saviez ! Souriais-je. Saviez-vous pour Suzanne ?

- Qui est-ce ? Le fait que l'homme qui m'avait tant appris commençait à perdre la mémoire, m'affectais au plus profond de moi, mais je feignis que tout allait bien.

- Mais si, Suzanne, mon amie, votre ancienne élève, elle écrivait des poèmes.

- Oh, oui, je vois. Et bien ?

- Elle s'est faite poignarder, avant-hier. Il ne paraissait point surpris par ma phrase. Vous n'êtes pas surpris ?

- L'humanité est mauvaise, plus rien ne me choque mon enfant. Je m'attriste tout de même de sa mort, si elle est qui je pense, elle était tout aussi brillante que toi. Es-tu revenue de Paris pour de bon? Demandait-il en changeant de sujet.

- Oui, cette fois, pour toujours.

- Tu n'as pas aimé, n'est-ce pas ?

- Non. Je n'étais pas vraiment heureuse. Vous le saviez, que je n'aimerai pas Paris ?

- Je ne te l'aurai jamais dit, je ne voulais pas t'influencer, tu devais découvrir par toi-même, mais oui, cela m'aurait étonné que tu me dises le contraire. Mais tu peux être fière de toi, quatre ans, c'est long et tu as le diplôme donc la sécurité que tu as toujours voulu avoir.

- Oui, mais aujourd'hui, je ne sais plus si c'est exactement elle que je recherche.

- C'est normal, c'est même bien. Tu sais, il y a presque sept ans maintenant, quand nous avions peur du monde qui changeait, nous avons oublié de préciser que si le monde changeait, c'était aussi parce que les gens changeaient et évoluaient.

- Certainement. J'ai une surprise pour vous.

- Ta visite est déjà un cadeau tout droit tombé du ciel. Me souriait-il. J'enlevais ma veste et retroussais la manche de mon pull en maille du côté de mon bras gauche, il y avait une inscription, un numéro. Il me regardait un long moment sans comprendre puis il prononça deux fois le nombre. 237, 237 et à cet instant, je vis une lumière éclairer ses yeux qui jusqu'alors étaient presque éteints. C'est un faux ? Me demandait-il les larmes aux yeux.

- Non, un vrai. C'est pour vous. Vous souvenez-vous ?

- Si je me souviens ?! Viens par-là mon enfant, viens par-là, me priait-il en me prenant dans ses bras pleurant. C'est la plus belle chose qu'on ait faite pour moi.

- Nous avons passé dans cette salle les meilleurs moments qu'il puisse exister. Vous n'êtes ni mon professeur, ni mon ami comme vous m'avez demandé de vous considérer, vous êtes le grand-père que je n'ai jamais connu. Vous m'avez tout appris, merci, le remerciais-je comme j'avais toujours rêvé de le faire en lui rendant ses larmes à mon tour.

- Tu es peut-être perdue encore dans ce que tu veux faire, mais moi, je sais qui tu es, tu es une femme extraordinaire, tu peux être fière de ce que tu es devenue avec tout ce que tu as enduré Artémis. Maintenant, c'est à toi de faire les bons choix.

- J'en ai déjà fait un, je comptais vous le dire, j'ai mon diplôme d'économie et comme ce milieu m'a dégoûtée, j'ai décidé qu'avec j'allais faire ce que je sais faire le mieux, enseigner, comme vous. J'espère que je serai une aussi bonne professeure que vous.

- Je n'en doute pas une seconde, peut-être même meilleure.

- Impossible.

Voyant que son état commençait de nouveau à faiblir, il m'embrassait une ultime fois le front et je saluais sa femme avant de repartir vers la ville.

Un mois était passé depuis mon passage à Killini, j'avais passé la plupart de mes après-midi avec mon père, nous avions joué aux échecs et aux cartes longtemps, son état s'était amélioré et je ne pensais pas qu'après sa sortie il rechuterait. Sa peine de prison ferme devait s'arrêter dans moins d'un an et nous n'arrêtions pas de discuter de ce que nous pourrions faire ensemble quand il sortirait.

La guerre s'était arrêtée le vingt-huit février 1991, deux semaines avant, le journal local avait annoncé le retour de l'armée et donc de mes amis. Avec Illyna, quand nous finissions de travailler, elle au laboratoire de recherche marine, qui était d'ailleurs associé avec un célèbre aquarium de la ville, et moi, dans un café afin de payer mon examen en mai pour devenir professeur, nous nous rejoignions chez elle et regardions des films en attendant de les voir franchir la porte d'entrée. Ce soir-là, Lasonas l'avait passée, mais sans Stelios à ses côtés. La panique me prit quand je vis mon ami seul et avant même que je pose la question, il me dit qu'il ne savait pas où il était parti, mais qu'il était revenu entier et en bonne santé. Il rajoutait qu'il lui avait dit avoir besoin de partir, mais pour peu de temps.

- Il ne repartira jamais comme il l'a fait comme quand nous étions au lycée Artémis, ne t'en fais pas, du moins, pas depuis qu'il te connaît, rajoutait Giovanni calmement.

Je hochais la tête comme pour lui assurer que j'avais compris puis les saluais en leur disant que je devais partir travailler. En réalité, je n'allais qu'à un seul endroit, en courant et à bout de souffle, cela faisait bientôt trois ans que je rêvais de le revoir, de pouvoir lui dire que je l'aimais et quand nous en avions enfin l'occasion, il venait de fuir, encore. Si ce n'était pas moi, c'était lui, peut-être le destin le voulait ainsi après tout. En arrivant devant chez lui, j'eus presque de la peine à reconnaître leur appartement, il était différent, mieux décoré, peut-être même fleuri, mais j'avais du mal à le voir dans la nuit. Je toquais deux fois assez fort à la porte et je vis une grande silhouette venir m'ouvrir.

- Franchement les mecs, il est tard, c'est vraiment pas drôle...Artémis, réalisa-t-il. Artémis !

- C'est fou comme tu as grandi, tu ressembles à ton frère, je n'ai pas les mots, j'ai presque cru un instant que c'était lui s'il n'était pas aussi grincheux. Tu as quoi, quatorze, treize ans maintenant ?

- Treize oui. Je suis heureux de te revoir, viens rentre, je pensais que c'était des amis excuse-moi.

Il ressemblait exactement à son frère, ses cheveux avaient brunis, ses yeux étaient du même noir que les siens, il était si grand que je devais maintenant lever mon visage que j'avais eu l'habitude de baisser en lui parlant. Il était beau et avait l'air d'être très intelligent.

- Plaisir partagé. Tu es devenu un joli jeune homme dis donc.

- Et toi alors, quelle femme ! Riait-il en me faisant valser sur moi-même. Je te sers quelque chose ?

- Non, non. Ne t'en fais pas, il est tard, je ne veux pas t'embêter, je me demandais juste si tu savais où était Stelios, il devait rentrer aujourd'hui, en même temps que Lasonas, mais on ne l'a pas vu.

- Sérieusement ? Vous, vous êtes toujours amis ?

- Non, enfin, oui je crois, on était des gamins à l'époque. Je suis désolée, je ne me suis jamais excusée de nous être emportés ainsi devant toi quand tu étais encore un enfant, c'était immature, à vrai dire, nous aussi étions des enfants.

- Ne t'en fais pas. Stelios n'a jamais arrêté de me parler de toi depuis ton départ, c'est comme si je t'avais vu grandir aussi pendant ses quatre ans. Sinon, il est parti à Athènes, il m'a dit devoir faire quelque chose d'important, il revient demain, je crois, il ne reste pas longtemps.

- Ah, très bien, merci. Je vais te laisser alors, bonne nuit, je reviendrai te voir dans de meilleures occasions, on pourra discuter.

- Attends, crois-tu vraiment qu'il t'a laissé comme cela ? Sans rien ? Me demandait-il d'un air moqueur. Tiens, il m'a confié ce papier, il savait que tu viendrais ce soir. Je prenais le papier qu'il me tendait sans hésiter et lui souriais en retour en lui tapotant l'épaule.

- Je vois, c'est toi qui fais les blagues maintenant !

Et cette nuit-là, je repartais chez moi en sachant que cette lettre déterminerait si oui ou non nous aussi, méritions une chance d'être heureux.

200

Artémis,

Quand tu recevras cette lettre, ce sera par la main de mon frère, car je serai sans aucun doute à l'autre bout du pays. Je suis parti dès que je suis rentré d'Irak, je suis allé voir la tombe de mon père afin de prier sur elle la nuit entière, je crois que tout va mieux, que je suis enfin capable d'aimer et surtout enfin capable d'accepter que l'on m'aime, car t'aimer en réalité n'a pas été si difficile.

Nous avons été cons, véritablement ridicules, mais nous avons grandi, nous nous sommes séparés, mais je pense qu'aujourd'hui est venu le moment de se retrouver. Je t'ai aimé à la seconde où j'ai pris cette photo de toi en noir et blanc sur le rocher, je ne te connaissais pas et à vrai dire, je ne pense pas te connaître encore assez, mais j'ai su à ce moment-là que plus rien ne serait jamais pareil. J'ai longtemps fait semblant de ne pas t'apprécier ou tout simplement, par mon arrogance, provoquer des disputes car tu as été ma faiblesse. Avant de tuer mon père, je lui avais fait la promesse que jamais je ne laisserai une femme prendre le contrôle de ma vie comme lui l'avait fait avec ma mère, et à cause de toi, ou grâce à toi, cette dernière promesse s'est rompue.

Quand je vois Illyna et Nikolas, je me dis que nous aussi pourrions mériter une vie heureuse, une fin digne des livres qu'on aime tant lire tous les deux. Je n'ai jamais cessé de dire que le monde était injuste, je pense qu'il est temps pour toi et moi qu'il soit enfin juste.

J'ai vu tant de gens mourir ces dernières années, nos mères, des amis, des soldats, moi qui ne voulais plus vivre, j'ai aujourd'hui peur de mourir comme eux, peur de mourir avec des regrets. La vie est trop courte pour te laisser fuir encore une fois, cette fois, j'en suis certain, je veux t'aimer et je veux pouvoir t'embrasser dès que j'en aurai l'envie. Je veux pouvoir dire à mon petit frère que le premier amour est l'unique, qu'il est le seul sincère et véritable, je ne veux pas finir comme ces pères de famille soi-disant heureux après avoir trompé leurs femmes dix fois. Je ne veux plus vivre avec des regrets. Je veux te voir et te dire en face, yeux dans les yeux, comme j'aurais dû le faire déjà il y a longtemps, que je t'aime.

Rejoins-moi, au rocher, demain, à vingt-et-une heures. Je t'attendrai comme tu m'as attendu six ans avant. Nous réécrirons l'histoire que tu voudras sans oublier l'ancienne, car si nos proches nous appellent des opposés alors je veux qu'ils fassent référence aux antipodes, car toi et moi, Artémis, faisons parti du même univers.

Stelios.

FIN

Remerciements

Je voudrais témoigner mon amitié et ma reconnaissance à Emma Ozubko, sans qui ce roman manquerait profondément de sens.

Merci à mes proches, mes amis et ma famille, qui m'ont soutenue, inspirée et aidée lors de cette nouvelle aventure car pour publier un livre, il ne suffit pas seulement de savoir écrire.

Merci également à Albert Camus, sans qui la littérature n'aurait pas la même valeur à mes yeux.